疾走する思春期のパラベラム

みんな大好きな戦争

深見 真

FB
Famitsu Bunko
ファミ通文庫

疾走する思春期のパラベラム
[みんな大好きな戦争]
Everybody Loves War

工藤尾褄
Ozuma Kudou

城戸高校映画部副部長。
傍若無人だがモテる。
親友の勇樹には優しい。

伊集院睦美
Mutsumi Ijuuin

城戸高校映画部所属。
天才的頭脳を持つ超美人。
映画の趣味は怪しい。

長谷川志甫
Shiho Hasegawa

城戸高校映画部所属。
ますますアホの子に磨きがかかる
今日この頃。

佐々木一兎
Itto Sasaki

主人公。城戸高校映画部所属。
やる気のない少年だったが、パラベラムの能力に目覚め、変わりつつある。

シンクロニシティ
Synchronicity

黒いドレスに身をつつんだ
謎の少女。神出鬼没。

シューリン
Shu Lien

〈灰色領域〉の人体実験の
犠牲者。映画部に救われたが、
その後乾燥者に覚醒した。

センパイ
Senpai

ボーイッシュな雰囲気の少女。
乾燥者のリーダー的存在。

二階堂勇樹
Yuuki Nikaidou

城戸高校映画部部長。
おとなしいが芯は強い。
映画を語るのが好き。

那須一子
Ichiko Nasu

元〈灰色領域〉幹部。現在は
阿部城介と行動を共にする。

阿部城介
Jyousuke Abe

〈新生人類騎士団〉の一員。
元は〈灰色領域〉幹部だった。

霧生六月
Mutsuki Kiryuu

〈灰色領域〉所属のパラベラム。
妖艶だが性格は傍若無人。

口絵・本文イラスト／うなじ

プロローグ

一人の少年がパソコンのキーボードを叩き、マウスを動かしている。

長時間パソコンの前で座りっぱなしで調べ物をしている。

わけのわからない存在との「戦争」が始まったという。

庭で飼《か》い犬《いぬ》がやけに吠えている。父が飼いたいと言い出してすぐに飽《あ》きて、今は主に母が可愛《かわい》がっている。少年も、高校を中退して時間が余るようになってからよく犬を散歩に連れていくようになった。

なにが戦争だ。大がかりなイタズラが進んでいるんだろう──少年はたかをくくっていた。匿名掲示板《とくめいけいじばん》や画像掲示板にどっぷりつかった住人たちは、時折大がかりな「祭り」を仕掛けることがある。どうでもいい芸能人のブログを炎上させたり、些細《ささい》な事件をとりあげて大騒ぎしたり、アニメのCDをオリコンの一位にしようと運動したり──今までに起きた祭りのほとんどは、他愛《たわい》のないものと言ってよかった。それでよかった。楽しければそれでいい。

それにしても、と少年は思う。今回の祭りは手が込んでいる。

『幽霊が人を殺し始めた』

『海外で何十万人も死んだが、大がかりな隠蔽工作《いんぺいこうさく》が行われている』

噂《うわさ》だけが駆《か》け巡《めぐ》り、しかし誰も情報元――ソースが提示できない状況が続いていた。

それが、今日になって大きな進展があった。

動画サイトに奇妙なものがアップロードされ始めたのだ。

犬の鳴き声がますますひどくなってきた。酒に酔った父が「あの犬っころが吠えるのは、お前のしつけが悪いからだ！」と母に対して怒鳴《どな》っている。母は「そもそもあなたがもらってきた犬でしょう」と怒鳴り返す。ああ、うるさいなあと思って少年はヘッドホンを耳につけた。

両親の収入が少ない家に生まれた子供は、学力が低くなる傾向があるという。少年は、自分が高校を中退した理由はそれだと考えている。

少年は不良ではないし、運動もそれほど得意ではない。しかも勉強も苦手とくれば、楽しいわけがない学校生活だ。何か一つでも取《と》り柄《え》があれば、どうにかなったかもしれないのに……。

父親は稼《かせ》ぎが少なく、流行に弱い、つまりバカな人間だった。すぐに飽きる犬を飼い始めたのだって、テレビのＣＭの影響だった。母親は、父がいなければ何もできないくせに偉そうで、ぶくぶくと太ってふんぞり返っている。ろくでもない。なにもかもが本当にろくでもない。

（俺に力があったら、全部ぶっ壊してやるんだけどな……）

音楽を聴きながら、動画サイト内での検索を続ける。両親に対する不満や怒りは、とりあえず後回し。噂、祭りの正体を確かめるのが先決だ。

ようやく「それっぽい」動画を見つけたので、再生する。

その動画サイトには、自分で撮影《さつえい》したビデオをパソコンや携帯電話から手軽に投稿《とうこう》できる。ネットの回線さえあれば世界中のどこからでも投稿できるし、同じようにどこからでも視聴することができる。

「……ん？」

再生が始まった動画の画質は悪い。携帯電話の動画撮影機能を使ったのだろう。あと、なぜか音が入っていない。

それでも、何が起きているのかはわかる。

投稿者の国籍《こくせき》はアメリカだった。

マンハッタンのど真ん中に、空中を浮遊する少女がいる。

そびえたつ摩天楼《まてんろう》の隙間《すきま》を、流れる雲のように悠々と漂《ただよ》う少女。それを見上げて口々に何かを叫んでいる通勤途中の男女たち。何人かの口の形が「マイ・ゴッド」と驚《おどろ》いているのは英語が苦手な少年にも理解できた。

その少女は、黒髪《くろかみ》ロングで東洋人に見えた。龍が刺繍《ししゅう》されたチャイナドレス姿で、眼《がん》下《か》の群衆を見下ろして酷薄《こくはく》な笑みを浮かべている光景は神秘的ですらある。左腕に恐竜の化石のような巨大な銃器を装備《そうび》しているが、空に浮かぶための装置は何一つ身につけていない。体を吊りあげるロープやワイヤーも見当たらない。CG合成としか思えない。

「映画の予告かなんかか……？」

最近は変わったプロモーション活動が多い。当たり前のようにネットと連動している。話題作りのために、わざわざフェイクのドキュメンタリーやニュース映像を作成し、動画サイトに投稿した映画もあった。

チャイナドレスの少女が、空から発砲した。凄まじい量の光の弾丸がばらまかれて、地上に降り注ぐ。まさに爆撃《ばくげき》だ。光弾は何かに当たると爆発する。一発一発が、まるで手榴弾《しゅりゅうだん》のような威力だ。地上の人々は砕け散り、血に染まる――。

動画の再生が終った。

「まさか……こんなの現実なわけないし」

謎《なぞ》の動画には〈desiccator〉というタグがついていた。タグとは、動画を分類するためのキーワードのようなものだ。

そのタグで、もう一度動画サイト内を検索してみる。

関連動画が増えている。

今も増え続けているようだ。

事の成り行きを見守っていると、投稿者の国籍に「日本」が増えてきた。気になったので、そのうちの一つをクリックしてみる。日本のどこか――見たことがあるような街で、異様な戦いが始まっている。さっき見たアメリカの動画と同じだ。浮遊する少女が、腕に装備した巨大な銃で大量の死をばらまいている。

ＣＧや特撮《とくさつ》にしては、死体がリアルすぎる。ハリウッドの大作映画だとしても、金がかかりすぎている。

椅子《いす》に座ってパソコンを操作しているだけなのに、わきの下とてのひらにじっとりと汗がたまっていた。心臓《しんぞう》の動悸《どうき》が速まっている。息苦しい。

「ふう……」

耳の周辺も汗ばんできたので、少年はヘッドホンを外した。

そして気づく。

もう、犬が吠えていない。

異常に静かな夜だ。

不安になってくる。

静か過ぎる。

少年は窓を開けて、庭を覗《のぞ》いた。犬は怯《おび》えて小屋で体を丸めていた。嫌な予感がして少年が上を見ると、そこに――少女が浮かんでいた。

ついさっき動画で見た、チャイナドレスの少女だ。
少女と少年の目が合った。
彼女は、蟻《あり》を遊び半分で殺そうとする子供の目をしていた。

少女は死を司《つかさど》る存在だった。
少女の爆撃が、少年の住居を含め、周囲一帯を灰燼《かいじん》に変えた。
少年は死にたくなかった。
だが、この特殊な戦争は、本当の意味で無差別だった。

第一章　聖夜の電撃戦

パラベラム／[Parabellum]

自分の殺意や闘志を、銃器の形にして物質化することが可能な特殊能力、およびその能力者。

P.V.F／[P.V.F]

サイコバリスティック・ファイアアームズ。パラベラムが精神から生み出す銃器。

二度と帰ってこない大切な思春期の日々が、駆《か》け抜《ぬ》けるように過ぎていく。

1

冷たい空気さえも光の粒子を含んでいるかのような、クリスマス・イブだ。雪が降りそうで降らない曇《くも》り空《ぞら》。誰もがホワイトクリスマスを期待していたら、夕方になって小雨が降った。この世界の神様は基本的に意地《いじ》が悪い。

城戸《きど》高校映画部にクリスチャンは一人もいないが、それでもイブを祝うのはむしろ日本人の悲しい性《さが》か。「クリスマスは本来キリスト教圏《けん》のイベント」というツッコミも、今では使い古されて空々しい感じがする。

学校の制服の上にロングコートをまとった工藤尾褄《くどうおづま》が、白い息を吐きながら歩いていく。付き合っている人妻に買ってもらったファーつきの高級なコートで、尾褄はよく知らないが一〇万以上するものらしい。並みのファッションモデルではかなわない尾褄のスタイルとブランドもののコートの組み合わせは強力で、途中、駅前で女性に声をかけられた。用事があるので、と断ったが、女性の注目を集めるのはそれほど嫌いではない。ようやく目的の家にたどり着いて、尾褄はインターホンのボタンを押した。

「どちらさまでしょうか？」

と、中年女性の声が返ってくる。

「あ、工藤です。すみません。勇樹《ゆうき》くんいらっしゃいますか」

「あー、尾褄くん！　久しぶりねえ」

インターホン越しの声が、いきなり親しげなものに変わった。

尾褄が訪ねたのは、勇樹が暮らす二世帯住宅だ。玄関《げんかん》はそれぞれ独立しているが、内部通路でつながっているタイプ。勇樹の母がドアを開けてくれたので、尾褄は「失礼します」と広々とした玄関に足を踏《ふ》み入《い》れる。

「ちょっとあがっていきなさいよ」

「いえ……勇樹とすぐ出かけますんで」

「学校だっけ？　部活も大変ねえ」

リビングの方から、勇樹の声が聞こえてきた。彼の祖母と話しているらしい。

「ほら、勇樹。おこづかいもってき」

「いいよー、おばあちゃん。そんなの」

「ええから、ええから」

「そして、勇樹がとことこと玄関にやってきた。

「おまたせー」

「ういーす」

勇樹も制服姿で、その上にダウンジャケットを着込んでいた。小柄な勇樹がぶかぶかのダウンジャケットを身に着けているさまが可愛《かわい》くて、尾褄は人に気づかれない程度に頬《ほお》を赤くした。

「今日は泊まりだっけ？」と、勇樹の母が訊ねてくる。

「うん」

「クリスマスなのに家族と一緒にいないなんて、慌《あわ》ただしい子ねえ」

「いいだろー、別に」

「すみません、お母さん。勇樹は部長なので、連れ回しちゃって……」

と、尾褄は軽く頭を下げた。

「あら、いいのよー。そんな。尾褄くんは何も悪くないんだから」

勇樹の母は白い歯を見せて笑った。彼女がちょっとだけ尾褄に色気を見せていることに気づいた勇樹が、一瞬嫌そうに顔を歪《ゆが》めて、逃げるように「……じゃ、いってきます」とスニーカーをはいた。

尾褄と勇樹は並んで道を歩き出した。

「いい家族だな」

「そうかなあ？　うちのお母さん、いい歳して尾褄を見たくらいで、はしゃいじゃって恥ずかしい……」

「それは、俺が美形だから仕方ないだろ」

「うわあ……」

「さて……学校にはもう一兎《いっと》や志甫《しほ》もついてるかもな」

二人は、早足で城戸高校に向かう。


城戸高校映画部の面々は、まずは部室に集まった。まず一兎と志甫がいて、そこへ尾褄と勇樹が合流した。壁《かべ》の棚がＤＶＤと心理学関係の書籍で埋《う》め尽《つ》くされたこの部室のエアコンはなぜか暖房機能だけが故障《こしょう》しているのだが、異常に気密性が高いので冬でもそれほど寒くならない。

「明日は終業式ですね」一兎がそう切り出した。

「短い冬休みの始まりだ」と、尾褄。

この四人は、全員が心の銃《じゅう》を召喚《しょうかん》する特殊能力者――パラベラムだ。

この力が求めて与えられたものではなく、選ばれて託《たく》されたものだとそろそろ気づき始めている。呪われているし、宿命的だ。灰色領域《グレイゾーン》との戦いや乾燥者《デシケーター》との遭遇《そうぐう》を経て、パラベラムの存在理由がいよいよはっきり理解出来てきた。今、心の銃からはそこはかとなく破滅の匂いがする。

志甫は、期末試験の答案用紙を握《にぎ》りしめてデスクに突っ伏している。その答案は赤い×印だらけだ。

「うほおお……赤点追試が三教科も……」

「志甫はいつもそんなんだな」

と、呆れ顔で一兎は言った。

「中間の時はみんなの勉強合宿のおかげでなんとかなったけど、今回はあううあー」

「最後のほう、日本語になってないぞ」

「テスト前は新しいゲームソフト四本も買うもんじゃないね、やっぱ」

「間違いなくそれが原因だよ！」

ボケとツッコミのような志甫と一兎のやりとり。

「それとも、大好きなアイドルの全国ツアーを追っかけたのがまずかったのか……」

「原因が多すぎてもうわかんねえ状態だな！」

そのやりとりを見ていた尾褄は志甫に向かって合掌《がっしょう》し、

「これにて怠け者《なまもの》の長谷川《はせがわ》志甫の短い冬休みは、追試に支配されることになりました。

ごしゅうしょうさま」

「尾褄ひどい！　いじわる！」

　こんな話をしていても、実は追試が行われるかどうかは怪しいところだとみんな思っている。ほんの数日後には——「戦い」がとうとう間近にやってくるかもしれない。そうなったら学校どころではなくなる。

　中間試験の直前に志甫が拉致《らち》されて、山奥にある灰色領域の施設に映画部のフライト全員で突入してから、もう二ヵ月が過ぎていた。

　志甫をさらったのは、パラベラムたちの組織、灰色領域の残党だった。

　灰色領域の目的は、人類の敵である謎《なぞ》の存在、乾燥者に打撃《だげき》を与えること。しかし彼らが用意した精神系の大量破壊兵器を起動するには志甫の命が必要だったのだ。一兎たちは、灰色領域の残党を指揮していた男——永瀬隆太郎《ながせりゅうたろう》——を倒し、無事志甫を連れ戻すことに成功した。

　二ヵ月前、新聞やニュースではおかしな事件の記事が増えていたが、今はすっかり落ち着いている。事件が減《へ》って平和でのんきな記事ばかりになっていて、それが逆に映画部のパラベラムたちにとっては不気味《ぶきみ》だった。

「まあ、アホの志甫はさておき」

　尾褄が話題を変えた。

「アホっていうなー」

「クリスマスといえば、映画部のやることは一つだ」

「……そうなんですか？」

と、一兎は嫌な予感を覚える。

「ああ。クリスマス映画の鑑賞会《かんしょうかい》だ！」

尾褄が高らかに宣言《せんげん》した。

「クリスマス映画の観賞会？　クリスマスに映画、ではなくて？」

「相変わらず何も知らないんだな、一兎は」

ふっ……となぜかカッコつけながら志甫が言った。

「……一年生だから知ってるわけないじゃん。っていうか、志甫も一年だから知らないだろ」

「ちなみに、去年はやってない」

そう言った尾褄はしれっとした顔だ。

「今年から、俺と勇樹の思いつきで始まる」

「じゃあ、ますます知ってるわけない！」

「簡単だよ。クリスマスに事件が起きる映画をみんなで鑑賞するんでしょ？」

志甫がさも当然のことのように言った。

「あー、なるほど」

　ようやく、一兎は納得《なっとく》した。

「……でも、クリスマスが舞台の映画ってそんなにありましたっけ？　サンタクロースが主人公の映画とか？」

「サンタ関係は逆に多すぎるんで除外ですよー」

　勇樹が嬉《うれ》しそうにそんな条件を出した。

「えーと、じゃあ……他には……」

　一兎は考え込んだ。サンタが除外となると、クリスマス映画なんてなかなか思いつかない。

　答えに詰まった一兎を見て、他の三人はニヤニヤと妙《みょう》にいやらしい笑みを浮かべた。クイズの答えを知っている人間にとっては、答えが出てこない人間が困っている光景なんて面白《おもしろ》くて仕方ないものだろう。

「有名どころがあるじゃないか。『新年のパーティもみにこよう』」

　尾褄がヒントを出した。それで、一兎もようやく一本思いついた。

「あっ！　『ダイ・ハード』！」

「そう。ちなみに『ダイ・ハード2』もクリスマス映画な。3と4は違う」

「アクション系のクリスマス映画はその二本だけですかね」

「ちがいますよー」

勇樹が得意げに指を「ちっちっちっ」と振った。

「ジョン・フランケンハイマー監督の『レインディア・ゲーム』もそう。あとは、忘れちゃいけないのが――ジーナ・デイビス主演、レニー・ハーリン監督の『ロング・キス・グッドナイト』」

「あたしあの映画大好き！」

と、志甫が歓声をあげた。

「『私はサマンサ。サマンサ・ケインよ』」

と、志甫が妙な声色《こわいろ》を作って言った。どうやら、劇中のワンシーンを再現しているらしい。するとすかさず尾褄が受ける。

「『記憶を失ってるんだな。そんなもの偽物だ。教師はカモフラージュに過ぎない』」

「『そんなはずない。私はＰＴＡの役員なのよ！』」

「『辞任しろ！』」

そんな小芝居《こしばい》をいきなり始めて、一兎以外の三人は大笑い。一兎だけが『ロング・キス・グッドナイト』を観たことがないのだ。

尾褄と勇樹はともかく、志甫にまで得意《とくい》げな顔をされているのが一兎は気に食わない。どうやり返してやろうかと志甫を睨《にら》んでいたら、急に少し前のことを思い出した。

「結局、お前がさらわれた日、俺を学校の屋上に呼び出して何の用だったんだ？」

一兎は、思い切って訊ねた。

志甫は頬を赤くして、唇《くちびる》を尖《とが》らせる。

「やっぱ、ないしょ！」

＊

＊

あの時の志甫の表情が忘れられない。ずっと気になっている。

その時「よう」と、新たに三人が部室に入ってきた。

伊集院睦美《いじゅういんむつみ》と、その義理の姪《めい》である里香《りか》。睦美は、ライオンをそのまま人の形にしたらこうなるだろう、という雰囲気《ふんいき》の持ち主。信じられないほど成績がよく、知能が高く、運動神経も抜群《ばつぐん》だ。

「いつも睦美おねえちゃんがおせわになっております」

まだ幼いがすでに美人の素質が開花しつつある里香が、オルゴールの少女人形のように深々と頭を下げた。

「あ、いえいえ……」

一兎は苦い戦いを思い出した。

かつて映画部の顧問《こもん》教師を務めていた永山《ながやま》。

永山は犯罪者で、娘である里香にひどい虐待《ぎゃくたい》をくわえていた。

濡《ぬ》れ衣《ぎぬ》を着せられて——一兎は仕方なく永山を廃人《はいじん》にした。きっとこれから先も、里香の顔を見たり名を聞くたびに思い出すのだろう。あの、最初の戦いを。

そして、

「友達の蔵前《くらまえ》早苗《さなえ》も一緒だ」

「よろしくお願いします」

睦美が紹介したのは、二年生の新聞部部長、蔵前早苗だった。

新聞部の部室は映画部部室の斜向《はすむ》かいなので、一兎も何度か顔を合わせたことがある。

長く美しい黒髪《くろかみ》を持っているが、それを台無しにする野暮《やぼ》ったいバンダナを巻いている。絶望的なほどファッションセンスがない、でも容姿はそれなりに可憐《かれん》な女の子。

まだ一兎が映画部に入ったばかりのころ、早苗は一兎に警告《けいこく》してきた。

『入ったばかりなら、まだ間に合うわ。こいつら、普通じゃないんだから』

『……普通じゃ、ない？』

『そうよ。とにかくトラブルが多いの』

――実際には、トラブルどころの話ではなかった。

睦美と何か確執《かくしつ》があったようなのだが、最近友達に戻ったようだ。

山を下りて以降、ずっと睦美が落ち込んでいるのが心配だった。

きっと、謎の行動をとる那須《なす》一子《いちこ》のことが気になっているのだ。

一兎は那須一子のことは名前以外ほとんど知らないが、睦美にとって大事な人間なのだということはなんとなく伝わってきていた。四神美玖《しかみみく》を失った一兎には、睦美の気持ちが少しだけわかる気がする。悲しい別れは二人の関係だけでなく心も引き裂《ひさ》く。すぐに気持ちを切り替えられる人間は幸福だ。

最近になって、一兎は睦美に打たれ弱い一面があると気づいた。そんな彼女が落ち込み始めたら、どこまでいってしまうのかわからなくて、一兎はずっと心配していた。

事実、実験施設カウカソスでの志甫奪還《だっかん》作戦からここ二ヵ月、睦美は映画部に顔を出している間もぼうっとしていることが多く、平静を装《よそお》っていても、何もないところで転んだり飲み物をうっかりこぼしたりしていて落ち込んでいるのは明白だった。

でも、なんだか今日の睦美は表情が輝いている。一兎の目には、里香と早苗に挟まれている睦美の姿はとても安定しているように映った。

「で、そのクリスマス映画鑑賞会はどこでやるんですか」

一兎は訊ねた。

「あたしんチの予定！」

志甫が勢いよく手を挙げた。

「あたしの部屋は広いし、大きなテレビもあるしね！」

「テレビ、大きいんだ」と、早苗。

「うん。トリケラトプスくらいでかい」

「なんで志甫はそういう余計なボケを混ぜるんだ」

一兎は思わずツッコんでしまう。

それを受けて、ツッコミを待っていた志甫がにんまりと笑った。志甫はアイドルになりたがっているが、本当はお笑いの方が向いているんじゃないか？　と一兎は密かに思っている。最近は天然系の芸人にも需要《じゆよう》があるらしいし……。

「みなさん、楽しんでますかー？」

と、顧問の教師も部室にやってきた。

映画部の顧問——宮田彩夏《みやたさやか》だ。

いつも緊張したような面持《おもも》ちで、メガネ着用。かなりの童顔。背が低くて赤面症気味《ぎみ》。教師というより、文学が好きな同級生に見える。とにかく胸が大きく、一部の男子生徒に熱烈な人気がある。

「どうもー、先生」と、一兎。

「今日も映画部は最高です！」と、ハイテンションに志甫。

「よかった、よかった」と笑顔の彩夏に、他の部員たちも口々に挨拶《あいさつ》をする。

「そろそろ今年も終りですからね。終りよければ、すべてよし、です」

「どうでしたか、先生はこの一年？」

尾棲がそんな質問をした。

「えっ……私ですか」

急に話を振られて、若い女教師は意外そうな顔をした。大きな胸の前で腕を組んで、彩夏は首をかしげて少し考え込む。

「そうですね……」

語りだして、彩夏は懐《なつ》かしそうに微笑《ほほえ》んだ。

「……私、教師になって最初の赴任先《ふにんさき》がこの城戸高校なんです。だから、部活の顧問を務めるのももちろん初めてで」

へえ、と尾棲が相槌《あいづち》を打った。

「だから、目にするものなにもかもが新鮮で、輝いていて……文化祭の時には、みんなが頑張《がんば》って作った映画を一緒に観ることもできたし。みんなが優秀すぎて、私は影の薄い顧問だったろうけど、ほんのちょっとでも役に立てたんなら、とても嬉しいし……」

彩夏は、童顔を強調する大きな瞳をきらきらと輝かせている。

「子供の頃からの夢がかなって、最高の一年でした」

「――夢？」と、志甫。

「ええ。ずっと教師になるのが夢だったから」

「…………」

夢がかなった、最高の一年――その言葉を聞いて、一兎の胸が不安でざわついて、そのあとすぐに締め付けられた。このまま無事に一年が終ってくれれば確かに最高だろうが、なんとなくそうはならない気もする。

2

彩夏に別れの挨拶を告げて、映画部の五人とその他の二人は城戸高校を出た。

「雨がいつまでも降ってなくてよかった」

早苗が空を見上げて言った。

せっかくのクリスマス・イブなのに、空の色は濁《にご》っていてまるで沼のようだ。あちこちに飾《かざ》られたツリーやサンタの格好をしたケーキ屋の店員がいなければ、誰も今日が聖夜だとは実感できなかっただろう。

夕方に小雨が降って道の一部がぬかるんでいたので、里香は子供っぽい黄色の長靴《ながぐつ》をはいてきていた。それを見た志甫が「あたし、長靴なんてもう二年もはいてないよ」と言った。すかさず一兎が「お前、中学生になっても雨の日には長靴だったのか？」とツッコむ。

七人で、おなじみのたまり場となった志甫の家へ。

長谷川志甫の家は一軒家だ。凄《すご》く狭いが庭もある。庭には白い犬小屋が設置されていたが、もう長い間使っていない。ここで、志甫は一人暮らしをしている。

「いらっしゃいませー！」

と、志甫は自分の部屋にみなを案内した。

壁にびっしりとアイドルのポスターが貼《は》られているのを見て、里香と早苗が「うわあ……」と思わずため息を漏《も》らした。

壁に貼ってある中でも一番過激なポスターに志甫が頬ずりした。

「大好きなアイドル、なこたんのポスター……ナイススメル」

「うわっ、キモッ！」

早苗が悲鳴をあげた。

自分の分も含《ふく》めると、一兎は同じリアクションを三回見たことがある。

「やっぱこれダメだよ志甫……」

一兎には志甫がもはや哀れに思えてきた。

「あたしの部屋をバカにするヤツに、この店の暖簾《のれん》は潜《くぐ》らせないよ！」

「ここは店じゃないし暖簾もないし！」


七人入るとさすがに狭かったので、リビングでクリスマス映画鑑賞会をすることになった。テレビが一番大きいのは志甫の部屋だが、広くて、ゆったりくつろげるのはリビングだ。床暖房と加湿《かしつ》機能《きのう》もある空気清浄機のおかげで、居心地《いごこち》のいい空間になっている。


この日は、一兎が一人で料理を作った。

他の六人が「手伝う」と言っても、一兎は「いいからいいから」と断った。実は、ずっと以前から密かに練習していたメニューがあるのだ。

一度でいい。みんなのために何かしておきたかった。

なにしろ七人分である。野菜を切るだけでも一苦労だ。冷たい水で軽く洗って、用意したパプリカ、ナスビ、たけのこを一口サイズにしていく。

「やっぱり手伝うよー」

一兎の横に、ひょこっと志甫が顔を出してきた。

「いいよ。大丈夫」

他のみんなは、志甫の部屋でゲームをしたりリビングでテレビを見たりしている。リラックスしていて、いい空気だ。

「どうして、急に料理を頑張ってるの？　一兎は」

「急に、じゃないよ。ちょっと前から考えてた。よくわかんないけど……」

そこで、一兎は口をつぐんだ。

――これが最後かもしれないから。

とは言えなかった。

「……うん、わかった。料理、楽しみにしてる」

一兎の心中を察したのか、志甫は自分の部屋に戻っていった。

さて、料理だ。一兎は服の袖《そで》を肘までまくりあげる。

野菜を炒《いた》める前に、一兎は米を炊《た》く準備をした。無洗米だったのであっという間だ。

一兎が作ろうとしているのはカレーだ。タイのグリーンカレー。冬に大勢で食べるにはもってこいのメニューと言える。タイ料理が苦手な人間がいないのは、事前に調査済みだ。しかしカレーだけでは物足りないので、メインがいる。

一兎は、睦美に買ってきてもらった鶏《とり》の骨付きのモモ肉をワインで煮込み始めた。睦美たちの到着が少し遅れたのは、買い物を頼んでいたからだ。本当は骨付きモモ肉は時間をかければかけるほどいい味が出るらしいのだが、今回はそこまでの余裕はない。にんにくとしょうゆで味付けして、一時間で仕上げることにする。

米とメインの準備が終わったので、ようやくタイカレーの調理に移る。一兎は、すでに何度も志甫の家で遊んでいるので、ここに大きな鍋《なべ》がないことは知っていた。家から持ってきた鍋にグリーンカレーのペーストとココナッツミルク、そしてほんの少量のサラダ油を入れて火にかける。頃合いを見て野菜を投入し、ゴリゴリと炒める。冬なのに額《ひたい》に汗が浮かんでくる。やばい、今まであまり興味《きょうみ》なかったが、やってみると料理は楽しい。

メインとカレーが完成したので、一兎は最後にサラダを作った。トマトとレタスを切ってドレッシングをかけただけの簡単なものだ。

一兎の胸には、誰にもぶつけることのできなかった質問がまだ居座っている。

——この世界は、俺たちが大人になるまで大丈夫なんでしょうか？

一兎は俳優になりたい。一兎は、志甫がアイドルになりたがっていることを知っている。夢がなくても、普通の高校生には「将来」「未来」がある。

進学、就職《しゅうしょく》、そして恋愛。結婚、家族——。しかし今は、何もかもがぼんやりとしている。将来も未来も信じることができない。

「できたー」

物思いにふけりながら手を動かしているうちに、料理が完成した。充実した時間だった。ちょっと味見をして、思わず独りでうなずく。

「失敗してないよな……」

飯を盛ったり、料理をリビングに運ぶのは全員でやった。

ココナッツミルクの甘い香り、そしてバジルとパクチーの刺激的な香りが鼻腔《びこう》の中で一緒になって食欲を刺激する。

「いただきまーす！」

全員、腹が減っていた。少年も少女も、ガツガツと食べる。

「うまかぁ！」

と、なぜか九州の方言で志甫が吠えた。

「確かに、これは美味《うま》いな」

尾褄は少し驚《おどろ》いたように言った。

「タイカレーは、誰が作っても美味くなりやすいんですよ」と、一兎。

グリーンカレーのペーストとココナッツミルクの相性《あいしょう》は最高だ。辛さと甘さが同時に存在できるのかどうか、最初食べた時は不安でも、いつの間にか病《や》みつきになっている。

それは、タイ料理の魅力《みりょく》でもある。

「本当においしいです！　一兎さんのお嫁《よめ》さんになるひとは幸せですね！」

里香が無邪気《むじゃき》な笑顔で言った。

次の瞬間、チキンをほおばっていた志甫が「うぐっ」と喉《のど》を詰まらせた。一兎は焦《あせ》った声で「大変だ！　み、みじゅ！」と叫ぶ。「水」と言おうとして嚙《か》んだのだ。

「今の言葉で、なんで一兎と志甫が慌《あわ》てるんだよ」

と、少し意地悪そうに笑って睦美が言った。

腹も膨《ふく》れて、聖夜が深まる。

リビングには、四人がけの大きなソファが一つ、二人がけのソファが一つ、一人用の椅子《いす》が一つ、テレビに向かって扇状《おうぎ》に配置されていた。志甫、一兎、尾棲、勇樹の順で四人がけに座り、睦美と早苗は二人がけに座る。睦美が里香を膝《ひざ》の上にのせて抱いているので、一人用の椅子は余った。

「まずは超傑作《ちょうけっさく》『ダイ・ハード』から」

と、尾棲がプレイヤーにＤＶＤをかけた。

もはや説明不要のアクション映画の歴史的名作である『ダイ・ハード』。ほとんどのシーンが高層ビル内というプロットの巧妙《こうみょう》さもさることながら、事件が起きる日取りをクリスマスに設定したのが上手い。パーティーの浮かれた空気と、テロリストたちの無駄《むだ》のない冷酷《れいこく》な行動の対比が随所《ずいしょ》で生きてくる。この映画は、何度観ても盛り上がる。

「はじめてみたけど、おもしろいですね……！」

と興奮《こうふん》した調子で里香が言った。

あ、そうか——。一兎たちにとっては歴史的でも、子供にとっては世の中にあるのはほとんどが「初めて」の映画なのだ。ちょっとうらやましい、と一兎は思う。中途半端《ちゅうとはんぱ》に知識をつけていると、すごいものを見ても衝撃《しょうげき》が薄くなることがある。

『ダイ・ハード』終了。

「やっぱいいなあ」

「足の裏に大量に突き刺さったガラスを抜くシーンは、何度みてもゾクゾクしますね」

「『神様、もう高いビルにはのぼりません』ってセリフも最高だ！」

「私はブルース・ウィリスがあんまり好きじゃないなあ。ハゲてマッチョとかちょっとありえない……」

「でも、かっこいいじゃないか。早苗はわかってないなあ」

少し休憩《きゅうけい》してから、次の映画へ。

そして、一兎は「初めて」、『ロング・キス・グッドナイト』を観た。腰が抜けた。ヒロインの殺し屋は記憶を失って田舎町《いなかまち》で教師として人生をやり直し、平凡な結婚生活を送ることに。ところがクリスマスの夜、ある事故をきっかけに過去がよみがえり、昔の敵が追いかけてくる。筋書きは悪くないのだが、演出が大げさでシリアスなシーンなのに笑えてくる。ものすごい速さで包丁《ほうちょう》を振るうってなんだ！　近所のガキをそこまでビビらせなくていいだろう！

「映画部は普段こんなひどいのばっか観てるの……？」

早苗が呆れた声で言った。

「レニー・ハーリンをバカにするヤツとは仲良くなれない」

と、ぶっきらぼうな口調で睦美。早苗は悔《くや》しそうな顔をする。

つまらない映画は長く感じる。そして眠気を誘う。

まず、里香が寝てしまった。

爆発《ばくはつ》や銃撃戦《じゆうげきせん》が続くアクション映画で寝るなんて珍しいことだが、『ロング・キス・グッドナイト』は慌ただしいのにどこか展開が間延びしていて退屈《たいくつ》なのだ。ギャグなのかシリアスなのか、よくわからないシーンが多すぎる。

次に早苗。

信じられないことに、睦美も寝た。レニー・ハーリンをバカにするヤツとは——とか言っていた舌の根も乾かないうちに、これだ。

尾褄も勇樹も、睡魔に勝てなかった。

ほんの一時間で一兎と志甫以外が全滅《ぜんめつ》。

『ロング・キス・グッドナイト』を選んだのは一兎でも志甫でもないのに、なんて無責任な人たちだ……と、一兎は思わず呆れ果ててうなだれた。

「みんな寝ちゃったね……」

志甫が、一兎の隣《となり》で頬を赤らめていた。

「ああ……」

「『こたつ力』のせいだな、うん」と、志甫。

「なんだよそれ」

「こたつの持つ魔力にはどんな勇者も抵抗できない……」

「まあ、何が言いたいかはなんとなくわかるけどさ」一兎はため息をつく。「この部屋、こたつないじゃん。床暖房じゃん」

「あ、そっか！」

「……それよりさ、この映画のせいってのもあるんじゃねーの？　先輩たちはこの映画二回目か三回目なわけだから、寝るのが普通だと思う……」

「そんなことはない！　みんな根性《こんじょう》が足りない！」

「俺も、もう限界……こんなに派手《はで》な映画なのにどうして退屈なんだ……」

「うう……一兎の裏切《うらぎ》り者《もの》！　あたしと『ロング・キス・グッドナイト』の味方だと思ってたのに」

志甫の言葉が終わる前に、こてん、と一兎は眠りに落ちた。

まるで気絶するかのようだ。

志甫は「こらー」と一兎を起こしにかかる。

するとと、驚くほど一兎の頭が間近にあった。

「…………」

今まで映画のせいで気づいていなかったが、あまりにも距離《きょり》が近すぎる。心臓《しんぞう》を「ぎゅっ」とわしづかみにされたような感覚。急にドキドキしてきたのは、映画のヒロインが撃ちまくっている姿に興奮したわけではない。

志甫は、眠りこける一兎の隣で背中を丸めて膝を抱えて座る。

「しあわせだな……」

目の前に敵が現れれば、パラベラムは逃げるわけにはいかない。もうすぐきっと何もかもが壊れてしまう。

壊されてしまう。

それでも城戸高校映画部の少年少女はいまのところ高校生で、駆け抜ける一日一日が宝石のように貴重《きちょう》だった。今夜、クリスマス・イブくらいは、なにも気づいていないふりをして思い切り楽しんでおきたい。どうせ、本格的に「始まる」前にできることなど限られているのだ。

乾燥者《デシケーター》との本格的な戦闘が始まる前の、最後の幸福な時間だった。

3

城戸高校の近くにある七階建て、通称「カラオケビル」は、クリスマスの客をあてこんでオールナイト営業だった。カラオケボックスの店員はすべてサンタ風の衣装《いしょう》。今夜に限って、オーダーストップはなし。深夜の二時でも、早朝でも料理が頼める。

ツリーが両脇に飾られた正面の出入口から三人の学生が表通りに出てきた。中央にいるのが谷垣《たにがき》。彼を左右から挟んでいるのが樋口《ひぐち》と村山《むらやま》。城戸高校の生徒ばかりである。男三人で徹夜《てつや》カラオケしたあとだった。

「クリスマス・イブとは思えねーなあ」

と、谷垣がぼやいた。夜の七時に入って、朝の五時に出てきたわけだ。冬の早朝なので、空気が肌に突き刺さりそうなほど冷たい。それでも、三人ではしゃいでいるとなんとなく寒さは無視できるから不思議なものだ。

三人は、たまたま通りかかったカップルに目をつけた。いかにも「ラブホテル帰りです！」といった雰囲気の若い男女だ。三人の中では一番口が悪くて一番女にもてない樋口が、「カップル全員死ね！」と叫んでからかった。

少し「びくっ」としてから、そのカップルは汚物《おぶつ》を避《さ》けるように足早に逃げ去った。その後ろ姿を指差して三人でぎゃはは、と笑う。

「クリスマス・イブだからって浮かれてんじゃねーよ」

「落ち着いて考えたら、もうイブじゃねーし」

「そういやそうだっけな。もう二十五日か……」

「女がいなくても、楽しいクリスマスじゃねーか」

「志甫ちゃんは今頃なにしてるんだろうなー……」

ふと気になって、谷垣は独りごちた。

谷垣は、映画部の長谷川志甫に密かにひかれている。あんなに可愛い女の子は見たことがない。だから志甫と話すために、同じ映画部の佐々木《ささき》一兎に話しかけた。一兎と志甫は一緒にいることが多い。我ながら完璧《かんぺき》な作戦だと思っていたが、一兎は文化祭以降、妙に谷垣に対してよそよそしい。気づかれたのだろうか。しかしいつ、どのタイミングで？

「なんだよ、その志甫ちゃんって」

「俺にも好きな女の子くらいいんだよ」

「うわー、なんだよそれ。ドン引きだわ」

「もし上手《うま》くいったら呪うぞコラァ」

と、肉体派の村山が言った。こいつの場合、呪いよりも直接的な暴力の方が怖い。

「安心しろ、上手くいかねーよ！」

谷垣は半ばヤケになって吠えた。他人に言われなくても、自分でわかっているのだ。

一兎が谷垣の思いに気づいたように、谷垣も志甫が本当は誰が好きか薄々感づいている。

上手くいかない。本当に何事も上手くいかない。

「カラオケ楽しかったなー。三人で一〇時間って、さすがにぶっ倒れるかと思った」

「絶対、女とイチャイチャするより楽しいって。でも、樋口はアニソン以外に歌える曲を増やしておけよ。いい加減《かげん》に」

「うるせーな。俺の勝手だろ！　そんなことより、村山は部屋で少し寝てたくせに！

俺と谷垣は完全に徹夜だぞ、徹夜」

「寝てない」

「いや、寝てた」

「どっちでもいいだろ、もう！」

また、みんなで大笑いする。

吐く息が白い。頬が勝手に赤くなる。三人とも、すっかり持ってきたのを忘れていた手袋を着用する。

「さっむ。辛いラーメンでも食いてー」

「さっき、カラオケボックスで散々食ってきたじゃん。村山の腹は底無しだな」

「食べたばっかかだろうとなんだろうと、腹が減ってるんだから仕方ない」

「でも、そろそろ授業じゃね？」

「今日は授業ねーよ。二学期終業式」

「冬休みかあー。なんも予定入ってないし」

「俺たち、このまま彼女一度もできずに大人になるのかね」

樋口が寂しい予感を口にした。

「さすがにそれはないだろ」谷垣は瞬時《しゅんじ》に否定した。根拠《こんきょ》はないが、そんな人生は想像もしたくなかった。「誰にでも人生の中で『モテ期』があるらしいぞ」

「大学で彼女できるといいなー」

「俺は大学いけるかな……高校に入ってから急に授業内容難しくなってきた」

「俺は最初から大学は無理だなー」

「親父さんの工場？」

「うん。やっぱ経営きつくて閉めるみたい。そして借金だけが残る」

「ウチの両親のコンビニ経営もやばそうなんだよな……」

口々に不安がついて出てくる。谷垣も樋口も村山も、悩みは多い。そして冴《さ》えない。女にもてなくて成績もよくない。金もなければ、金になりそうな特技も才能もない。

「こんな俺らに、明日はあるのか」

谷垣が、自虐的《じぎゃくてき》につぶやいた。

その時、村山が「……ん？」と何かに気づいた。そして薄暗い空を指差す。

「あれ、なんだ？」


小型の飛行機のようなものが飛んでいる。かなり離れているのに、ぐんぐん近づいてくるのがわかる。凄まじい速度だ。

谷垣は未確認飛行物体（ＵＦＯ）かと思った。宇宙人の乗り物とか、未来人のタイムマシンのような、未知の何かとしか思えなかった。三人ともそういった超常体験には縁《えん》のない人生を送ってきたが、もしかして初めて日常ではない瞬間を目にしているのか。

「あ、あ……!?」

その物体が近づくにつれ、形がはっきり見えてきた。

鋭く尖った――まるでロケットのような。

「え、マジ……？　どっかのミサイル？」

飛来してきたミサイル状の物体が、谷垣たちから数キロ離れた場所の、どこか大手金《きん》融会社《ゆうがいしゃ》の本社ビルに突き刺さった。

爆発音で、谷垣は自分の鼓膜《こまく》が破れるかと思った。超高層ビルのど真ん中に大穴が開き、閃光が街全体を一瞬照らし出す。すぐにそのビルは折れ曲がり、上半分が大通りに向かって崩落《ほうらく》を始めた。粉塵《ふんじん》が舞い上がり、まきこまれていくつものオフィスビルが倒《とう》壊《かい》する。

谷垣は、9・11にアメリカで起きた同時多発テロのニュース映像を思い出した。しかし、これは自分たちが暮らす街で起きていることだ。

逃げた方がいいのはわかっているが、谷垣たちは腰が抜けている。

たとえば悪夢を見ている時、なぜか自分の足に力が入らないことがある。どんなに足を動かそうとしても前に進まない。もどかしくて、汗が流れて、疲労感だけが募《つの》る。今の谷垣たちがまさにその状態だった。

ビルが崩落して巻き起こる土煙の中から、一人の少女が現れた。

その少女は、信じられないことに宙に浮いている。

そして、右腕に巨大な銃器を装備《そうび》している。

谷垣、樋口、村山の三人は交互に顔を見合わせた。同時に、悪夢を見ているのかと思った。悪夢なら、どれほどよかっただろう。三人はこれから、いつの間にか眠りこけていたカラオケボックスで目を覚ますのだ。

少女の銃器が、丸い筒のようなものを撃《う》ち出《だ》した。谷垣たちの頭上一〇〇メートルで炸裂する。筒の中に詰まっていた重金属弾が雨のように降り注ぐ。

その重金属弾は、筒からばらまかれた瞬間はどれも直径一ミリ以下で殺傷力《さつしょうりょく》は低く、しかし数は五万発以上だ。さらに、その弾はただの小さな弾ではなかった。放ったのは人類を滅ぼすために生み出された〈乾燥者《デシケーター》〉であり、重金属弾の主要な構成要素は精神力である。

重金属弾は高速で飛散しつつ、街にたまった人間の悪意や邪念を吸収して膨らんでいく。

その乾燥者の特殊能力だった。感情吸収弾。

この街の老人ホームには、詐欺《さぎ》で貯金二〇〇万円を騙《だま》し取《と》られた老婆《ろうば》がいて、悔しさのあまり近くにいる人間すべてに憎しみを抱いている。この街の片隅には、クリスマスの寂しさに耐えられなくて首を吊り、今まさに死に向かっている四十代無職男性もいる。彼もまた、自分の不真面目《ふまじめ》さや怠《なま》け癖《ぐせ》は棚に上げて世の中を恨《うら》んでいる。児童養護施設《じどうようごしせつ》で一人の少年が、サンタに「親をください」と願いを捧《ささ》げていたのに、無駄に終って悲しんでいる。すべて、この街で起きていることだ。

そういった諸々《もろもろ》の感情が重金属弾を膨らましていき、地上に到達するころには野球ボールほどのサイズにまで育て上げていた。

殺傷力を得た重金属弾は、秒速一八〇〇メートルで飛び、超音速の衝撃波を生み出しつつ人や建物に炸裂《さくれつ》する。

まず、二人の目の前で樋口が肉片になった。ついさっきまで、彼を独り身で育ててきた父親の工場のことを心配していたのに、野球ボールサイズの弾丸にいきなり頭部を吹き飛ばされた。谷垣の目には、突然首から上が消失したように見えた。

次に、村山だった。ボッ、ボッ、と奇妙な音がして、彼の右腕が千切《ちぎ》れて宙を舞い、左肩がなくなり、胸と腰に大穴が開いて血を噴き出しながら倒れる。彼の両親が必死に経営するコンビニには、三人でよく買い物に足を運んだものだった。

「おい、お前ら――」

あまりにもリアリティのない友人二人の唐突《とうとつ》な死に、谷垣は口を半開きにして呆然とするしかなかった。

何が起きているのか？

あの少女は何者なのか？

（大丈夫）

と、谷垣の耳――いや、脳のどこか――に、少女の声が聞こえた。

直後、ドスッ、と奇妙《きみょう》な音がした。

弾が、谷垣の腹部を貫通《かんつう》していた。衝撃で全身の皮膚《ひふ》や筋肉が波打ち、内臓《ないぞう》が液状になるまで粉砕され、谷垣は即死した。悩みも不安も消えた。だが、この三人は二度と、今後永遠に、集まって徹夜でカラオケすることもバカみたいに大はしゃぎすることもできない。たとえ派手さはなくとも、それなりに楽しい残りの人生は虚無《きょむ》に帰《き》した。

この三人に、明日はなかった。

同じように、世界中で驚くほど多くの人間が明日を奪《うば》われていた。

4

最初に目を覚ましたのは志甫だった。

目を覚ました、といっても完全に眠っていたわけではない。隣にいる一兎を意識して眠ることができず、それでもだいぶウトウトとしてきたところで、凄まじい轟音《ごうおん》に眠気をかき消された。目を丸くして立ち上がった志甫は、右腕に痺《しび》れるような、うずくような奇妙な感覚を覚えた。心の銃——P・V・Fが、戦いを求めて外に出たがっている。

部屋にいるみんなが次々と目を覚ましていく。

「なに、今の音は……？　地震？」

そうつぶやいて、早苗が寝ている間にずれたメガネの位置を正した。

「ふああ……おはようございます……こんな寝方ぎょうぎわるいですよね……」

幼い里香が、んんんと背筋を伸ばしつつ、まだ半ば寝ぼけているような口調で言った。

尾褄のたくましい胸板に、いつの間にか勇樹が顔を埋《うず》めて眠っていた。目を覚ました二人は、ちょっと顔を赤くして体を離し、やがて緊迫《きんぱく》した空気が流れていることに気づいて表情を真剣なものに引き締めた。

「まさか」

と、睦美がリモコンを拾ってテレビのスイッチをオンにした。

一兎が立ちあがって窓に駆け寄り、外の様子を見る。

街の中心部、オフィスビルが集まっている地区から煙があがっている。まるで、火山が噴火《ふんか》したあとのようだ。今も、爆音が鳴り続けている。

「爆撃《ばくげき》があったみたいです」

と、一兎は告げた。「爆撃?」と、早苗が怪訝《けげん》な顔つきになった。確かに、普通ならピンとこない言葉だ。――戦争でも始まらない限り。

「ニュースでやってる」と、尾褄。

いつもは朝のニュースを担当している中年の男性アナウンサーが、武力攻撃事態対処関連法が現在適用されている、という説明をしていた。

極東有事《きよくとうゆうじ》――つまり、日本が戦争状態にある、と政府が突然認めたのだ。パラベラムである一兎たちはなんとなく覚悟していたが、早苗や里香――一般市民にとってはまさに寝耳に水の事態だろう。

有事法制によって、政府が「指定公共機関」と定めた機関や企業は、戦争への協力が義務付けられることになった。代表的なところでは、日本銀行、日本赤十字、日本放送協会（ＮＨＫ）。そしてガス、水道、電気、ＪＲ、私鉄、ＮＴＴも政府の管理下に置かれる。

ニュースは続く。

自衛隊法78条に従って、治安出動が決定された。内閣《ないかく》総理大臣が「警察《けいさつ》では手に負《お》えない事態」と判断したのだ。この治安出動においては、いくつかの条件を満たせば自衛隊の国内での武器の使用が認められる。本当のところは、自衛隊はもっと前から水面下で動いていたのだろうが、ようやくすべてが表に出てきたわけだ。

これから数日間は外出禁止。都市部を危険と考える国民も、避難《ひなん》はやめてほしい、とのこと。理由は「移動中が最も危険だから」だそうだ。一兎たちには、それが建前《たてまえ》であることがわかっている。政府は、今回の特殊な敵に対してどこに隠れても無駄なのを知っていて、余計なパニックが広がるのを防ごうとしているのだ。

もし自衛隊員が外出禁止期間中に屋外《おくがい》で市民を見かけた場合、それが作戦行動の障害になると判断した時は、威嚇射撃《いかくしゃげき》のあとに射殺もありえる、という。

ありとあらゆる便乗《びんじょう》の犯罪を厳禁とし、もし略奪《りやくだつ》行為などを発見した場合には必要な手続きを省《はぶ》いて射殺する。

様々な情報や政府発表が報道されていたが、敵の具体的な正体や規模に関しては「まだ詳細は不明です」と繰り返していた。

「始まったんだな……」

尾褄がため息混じりに言った。

「『敵』も様子見をやめた」そう言って睦美が目つきを険《けわ》しくする。「全面戦争だ。『こっち』も、報道管制を諦《あきら》めたらしい」

「ちょっと、あなたたち！　何の話をしてるの！」

置いていかれそうになった早苗が悲鳴のような声をあげた。

「大規模な戦闘になった」睦美の口調は冷静だった。「そのうち、人類側の何らかの機関から正式な発表があると思うから、もう隠す必要もないだろう……」

ああ、とうとう話すのか、と一兎は思った。

もう、映画部の高校生だった自分たちには戻れない。

睦美が、右腕を伸ばしてＰ・Ｖ・Ｆを展開した。

溢《あふ》れた光の粒子が睦美の腕を包み込み、やがて半透明の装甲《そうこう》を形成していく。虚空《こくう》から生じた装甲がダン！　ダン！　ダン！　と音を立てて積み重なって機関部、そして銃

身となる。

伊集院睦美のエゴ・アームズ、六八口径バーンアウトだ。

「私たちは、パラベラムだ。これはＰ・Ｖ・Ｆ」

5

「ミサワ、ディス・イズ・パンサー01フライト。リクエスト、タキシー。スクランブル」

三沢基地《みさわきち》、こちらはパンサー1フライト、スクランブル発進のためタキシングを頼む。

『パンサー01フライト。ウィンド、ワン・ファイブ・ゼロ、ディグリース・アット・フォー。クリヤード・フォー・テイクオフ』

パンサー01フライト、風は方位一五〇より四ノット。離陸を許可する。

『ディス・イズ・ミサワ。オーダー、サーチ・アンド・デストロイ、デシケイターズ』

こちら三沢作戦指揮所、作戦を伝える。乾燥者《デシケーター》を捜索し、殲滅《せんめつ》せよ。

十二月二十五日早朝。

一三人の〈乾燥者〉が日本各地を襲撃《しゆうげき》。

被害にあったのは、福岡、大阪、名古屋《なごや》、東京、青森、札幌《さつぽろ》だった。

少女たちが人口の多い大都市圏を狙ったのは明らかだったが、そこに青森が含まれているのは、航空自衛隊と在日米軍が部隊を置く三沢基地が近くにあるからだ。青森市で虐殺を繰り広げ、部隊を基地から誘い出す。いきなり三沢を襲わなかったのは、乾燥者《デシケーター》の気まぐれか、何かの作戦か――。

三沢基地の米空軍――第5空軍第35戦闘航空団。

そこに所属するF-16戦闘機が四機、青森市を襲撃した敵――乾燥者と戦うために離《り》陸《りく》した。

F-16の愛称はファイティング・ファルコン。

初飛行は一九七四年と古いが、操縦《そうじゅう》方式にはフライ・バイ・ワイヤー――いわゆる電子コントロール――方式を採用。洗練《せんれん》されたデザインのデルタ翼と自動制御可変キャンバーシステムによって、マッハ一・六以下の空中格闘戦《ドッグファイト》では最新機種にもひけをとらない。

すでに米軍はAWACS《早期警戒管制機》を飛ばしている。航空自衛隊の早期警戒機E-2Cホークアイともデータリンク――情報を共有中だ。

『パンサー01フライト。こちらは三沢作戦指揮所《ディス・イズ・ミサワ》。レーダーで捕捉中《レーダー・コンタクト》。青森へ直行せよ《ディレクト・アオモリ》。機首、方位三〇〇に右旋回《ターンライト・ヘディング・スリー・ゼロ・ゼロ》、六五〇〇フィートまで降下して高度を維持せよ《ディセンド・アンド・メインテイン・シックスタウザンファイブハンドレッド》』

と、F-16のパイロットたちに無線連絡が入った。

『敵の火力は巨大だが、サイズは小さいのでレーダーに表示されにくい。目視《もくし》によるコンタクトになるだろう。注意せよ』

「フライト・リーダー了解。全機、有視界戦闘に備《そな》えよ。敵は空飛ぶ『人間型』だ」

「了解」

戦闘機は二機で「エレメント」を、四機で「フライト」を構成する。現在青森市に向かっているフライトには、パンサー01という名前がついていた。フライトリーダーは、パンサー1。その僚機《りようき》がパンサー2からパンサー4となる。

四機の速度はマッハ〇・六。情報部からの通達によれば、敵は「地上目標」らしいので、高度二〇〇〇メートルという、戦闘機としては低空を飛行している。

耐Gスーツで体を締め付け、酸素《さんそ》マスクを着用した米空軍のパイロットたちは、一様に緊張していた。全員、アフガニスタンへの対地攻撃で実戦を経験済みだ。しかし、あの時は敵の正体がわかっていた。戦争の基本、人間を殺す仕事だとわかっていた。だが、今回は違う。わかっているのは、敵の正体は「人間型で高い戦闘力を持つ」ということだけだ。

寒々とした八甲田山系《はっこうださんけい》の上空で、フライト・リーダーは「ん？」と目をこらした。分厚いキャノピーとヘッド・アップ・ディスプレイ越しに、飛翔する小型物体を見たような気がしたのだ。最初は、幻かと思った。レーダーには何も引っかかっていない。

フライト・リーダーは考えた。もし敵がアメコミのスーパーマンだとしたら、彼はレーダーに表示されるだろうか？　答えは否《いな》だ。スーパーマンに金属部品は使われていない。大熱量を発するエンジンも搭載《とうさい》していないし、電波も発していない。なによりどんな小型飛行機よりもレーダー波を反射する面積が小さい。

――人間型で高い戦闘力を持つ。

しかも、そいつらが「飛行可能」だとしたら？

フライト・リーダーの嫌な予感は的中した。

幻かと思った物体は、やがて人影だと判別できるようになった。向こうも、猛スピードでこちらを目指しているのだ。

人影の数は二つ。どちらも――少女だ。

「あれが敵なのか!?」

高度三〇〇〇メートルを飛行する二人の少女。

「こちらパンサー1。敵らしきものを発見したが……」

「パンサー2です。自分も見ました。頭がおかしくなったのかと」

「情報部の報告通り確かに『人型』だが……それにしても信じられん！」

フライト・リーダーは編隊陣形を変更した。パンサー3と4が先行し、少し離れた後方にパンサー1と2がつける。

どう戦う？　どう落とす？　誰も、あんな敵との戦闘訓練は受けたことがない。想定したこともない。レーダーに表示されない相手に、空対空ミサイルが使えるわけがない。そうなると、残った選択肢は一つだけだ。

ドッグファイト用の二〇ミリ機関砲《きかんほう》を直接当てるしかない。


青森市を襲《おそ》い、三沢基地に向かっている二人の〈乾燥者《デシケーター》〉は――〈センパイ〉と〈ツバメ〉だった。

短いスカートのセーラー服にショートカットの髪の毛、唇は厚めで、額にはゴーグルという少女、センパイ。修学旅行土産《みやげ》のような木刀を担《かつ》いでいる。

少女というより幼女に近い、フリルのたくさんついたドレスを着たツインテールのツバメ。

乾燥者たちはある程度重力を無視した飛行能力を持っているが、戦闘機とドッグファイトできるほどの力の持ち主は珍しい。たとえば同じ乾燥者の〈ヒョウコ〉と〈ニトロ〉は、人間の戦闘機や爆撃機を地上から撃ち落とすしかない。しかし、センパイとツバメは違った。二人は、最高速度マッハ一・二、高度は七〇〇〇まであがることができる。

ツバメは自分のP・V・Fを展開していた。P・V・Fは人間が考えた言葉だが、便利なので乾燥者たちも使っている。乾燥者たちが使う武器は、時代や世界によって呼び方が変わる。正式名称は決まっていないのだ。

皮肉な話かもしれない。人間が乾燥者を真似《まね》てパラベラムを作り、パラベラムのために考え出された用語を乾燥者たちが「便利だから」という理由で使っている。

ツバメのＰ・Ｖ・Ｆは、巨大な蜂《はち》の巣《す》のような形状だ。

その名も『アンセム・ハニカム』。

巣穴に見えるものはすべて精神系誘導弾の発射口である。

センパイも自分のＰ・Ｖ・Ｆを展開した。木刀を構えるとそれを中心に光が生じて、周囲に鋼鉄の装甲板と部品が展開される。

銃身の長い、スナイパーライフル型のＰ・Ｖ・Ｆだ。その先端には、木刀をベースにしたせいか、巨大な「銃剣《バヨネット》」がついている。

光線の束でできた、長さ三メートルほどのバヨネットだった。

センパイのＰ・Ｖ・Ｆ——『ＰＶオサフネ』。

「有効射程に入った。撃っていい？　センパイ」

「おう、やっちまえツバメ。先制攻撃だ」

「やっほー！　いっけええアンセム・ハニカム！」

ツバメが攻撃を仕掛けた。

蜂の巣状のアンセム・ハニカム。びっしりと並んだ発射口から、数百発という精神系誘導ミサイルが撃ち放たれる。ツバメの空対空ミサイルは、人間の「感情」や「精神力」を追尾するサイコバリスティック・アクティブ・ホーミング方式。

光る粒子の軌跡を大空に描きつつ、大量の精神系誘導ミサイルが四機のF‐16に襲いかかった。

「編隊解散《ブレーク、ブレーク》！　急旋回！　避けろ！」

フライト・リーダーことパンサー1は慌てて回避機動《かいひきどう》を命じた。

ロックオンされたことを、こちらのセンサー類がまったく感知できていなかった。改めて、敵が規格外の相手だと思い知る。

敵の空対空ミサイルの誘導性能は異常なほど優秀だった。こちらがどんなに激しく動いても、ついてくる。チャフをばらまくが効果なし。まず、パンサー3が撃墜《げきつい》された。胴体部分に三発着弾し大爆発だ。次に、パンサー2。獲物《えもの》を狙う蛇のように食らいついてきたミサイルに翼をもぎとられて、空中でバラバラに分解する。

「ぐ！」

パンサー1は機を垂直上昇させた。次にラダーを切って急降下へ。垂直反転《ヴァーチカル・リバース》。

低速操縦性に優れるF-16ならではの空戦機動だ。

パンサー1とパンサー4は、なんとか大量の誘導ミサイルをやり過ごす。

パンサー1は、ただちに敵の背後をとることに成功した。敵、不明機《ボギー》、未確認飛行物体――言い方を変えても、つまるところ見た目はセーラー服の少女だ。現実感はないが、二機落とされた以上やり返すしかない。二〇ミリ機関砲の引き金を、一秒だけ絞る。その瞬間、一〇〇発の弾丸が撃ち出されている。

ところが、少女の姿が忽然《こつぜん》とかき消えた。弾丸は雲の彼方《かなた》に消えていく。

セーラー服の少女は、一気に速度を落とし、パンサー1にあえて追い抜かせていた。まるで空中でブレーキをかけたかのような動きだ。

今度は、パンサー1が後ろをとられた。

――なんて機動だ！

セーラー服の少女が、抱えた長いライフルを二発撃った。

やられた！　かと思ったが、少女が撃ったのはパンサー4だった。コックピットを狙い撃ちだ。あんな射撃は見たこともない。恐らく、あのライフルの弾丸にも軽い自動追尾機能がついているのだろう。

しまった、とパンサー1は眉をしかめた。あの少女に、盾として利用されたのだ。

そして少女は、ライフルを長刀《なぎなた》のように構え直した。すると、光線のバヨネットがさらに長くなる。刃渡り三〇メートル近くに達する。

「な！」

少女は急旋回中のパンサー1に追いつき、すれ違いざまにバヨネットで機体を両断した。緊急脱出は間に合わない。機体が真っ二つに割れて、空中に死体や部品が散らばる。


——数時間後。

アメリカの第5空軍第35戦闘航空団とともに、三沢基地は壊滅《かいめつ》した。

その他にも、日本全国の主要六都市で行われた一方的な虐殺で、およそ二六〇万人が死亡。負傷者数は不明。日本だけではなく、乾燥者《デシケーター》たちの攻撃は全地球規模であり、ワシントン、モスクワ、北京、ロンドン、パリ、ベルリンといった各国首都も被害にあった。全世界での死亡者は、六〇〇〇万人近いという。

外出禁止命令が出ていたがそれでも避難のためパニックが発生し、二次被害が出た。コンビニやスーパーマーケットでは物資の奪い合いが起きた。他にも、強盗や傷害、そして殺人など様々な犯罪が多発。乾燥者の攻撃だけでなく、人間同士がさらに傷つけあってその数を減らしていった。

第二章　人類側抵抗勢力

乾燥者／[desiccator]

人類の天敵。＜夜警同盟＞の監視の下、世界の未来
決定する＜選択戦争＞を行う。

1

――アメリカ合衆国、ルイジアナ州南部、ニューオリンズ。

にきびだらけの顔をした少年が、ぼんやりと曇《くも》り空《ぞら》を見上げている。

少年の家は、ポンチャートレイン湖の近く、レイクビュー地区に建っている。数年前ハリケーン・カトリーナが直撃《ちょくげき》して、一度少年の家は水没し、屋根《やね》まで吹き飛んでいたが、つい先日ようやく完全に修繕《しゅうぜん》が終った。せっかくの機会なので、壊れた箇所を直すだけでなく、増築や改装も一緒に行ったため時間がかかったのだ。

テレビのニュースは、あの9・11を思い出すほどに緊迫《きんぱく》していた。両親は何時間もテレビやラジオにかじりついている。

「……こういうことだったのか」

空を見上げる少年が独り言をつぶやいた。

「ようっ」

少年に、一人の少女が近づいていった。少女はヒスパニック系で、少年と同じ地元の高校に通っている。恐ろしく大衆的なメキシコ料理店の娘だ。

「ああ」

高級住宅街で暮らす白人の少年と、決して裕福とは言えないヒスパニックの少女。たとえ同じ学校でも、本来あまり接点のない思春期を送るはずの二人。そんな二人が出会ったのは、ある共通点のおかげだった。

「いこうか」

「うん」

少年と少女は、同時にP・V・Fを展開した。

二人とも、パラベラムだ。アメリカの大都市が、乾燥者《デシケーター》たちに襲撃《しゅうげき》されている。自分たちに何がどこまでできるのかはわからないが、このまま見て見ぬふりはできない。二人は最初、この力がなんのためのものなのかわからず、アメコミのスーパーヒーローの真似ごとをして、様々な事件を解決してきた。だが、それは些事《さじ》にすぎなかったのだ。ここにきて、パラベラムの目的と存在意義がはっきりした。

手を取り合って、少年と少女は戦場に向かう。

今までの城戸《きど》高校フライトの戦いは、しょせん局地戦だった。

デンマークで暮らす平凡な少年が。

オランダの女子高校生たちが。

モンゴルの羊飼いの少年が。

それぞれ、特殊な力に目覚めてこの時を覚悟していた。

パラベラムは全世界にいて、多くのフライトがあり、様々な戦いがあった。早々と政府に所属するパラベラムがいた。メルキゼデクの強引なやり方と対立するフライトも多かった。乾燥者《デシケーター》の前哨戦《ぜんしょうせん》、実験戦に巻き込まれて無残に殺されたパラベラムもいた。心的爆撃や、戦術級ゴーレムとの戦いも世界各地で起きていた。そしてすべてが、乾燥者たちの本格的な行動開始をきっかけに結びついていく。

2

中東で乾燥者と戦い、日本に帰国した西園寺遼子《さいおんじりょうこ》は、自分が率《ひき》いる桑園《くわぞの》高校のフライトを「戦争用」に再編成した。

桑園高校のパラベラムたちは、男子が時代劇研究会、女子がアニメ研究会に所属している。そんな彼らの意思を確かめて、乾燥者と戦うものはこのまま遼子のフライトに残り、戦いを避《さ》けたいものは抜ける。

遼子にとってはありがたいことに、抜けることを選択するものは一人もいなかった。遼子を含めて八人もいる桑園高校のフライトは、一つにまとまったのだ。

「私は、遼子さんとなら地獄《じごく》にでもおともします！」

と、嬉《うれ》しいことを言ってくれたのは野原千佳《のはらちか》だ。何か機会があるたびに、子犬のように遼子にじゃれついてくる可愛《かわい》い一年生。髪《かみ》はショートカットで、ややぽっちゃりとした顔立ち。彼女がそばにいてくれれば、防御は完璧《かんぺき》だ。

「地獄までかどうかはわかりませんが……遼子さんは信用できる人ですから。何が起きても、正しい判断をしてくれる」

遼子の右腕、時次優衣《ときつぐゆい》も賛同の意を示してくれた。

今まで遼子が好き勝手に行動できたのは、頭脳明晰《めいせき》な彼女が桑園高校に残って留守《るす》を守っていたからだ。薄く緑色に染めたロングヘアの優衣は、二キロ離れた敵にも攻撃を当てることができる超狙撃型《ちょうそげきがた》のパラベラム。中学校の頃はバレーボールをやっていたという彼女は、身長が一九〇センチ近い。

中東の戦いから二ヵ月が過ぎて、遼子は霧生六月《きりゅうむつき》にフライトごと呼び出された。全員で、イギリスに向かうことに。そして飛行機で移動中に、乾燥者の本格的な攻撃が始まった。遼子は、ファーストクラスの大画面モニタで関連のニュースを見ていた。思わず拳《こぶし》に力が入り、てのひらに爪が食い込む。機上のパラベラムたちにできることは何もなかった。

ロンドン・ヒースロー空港で、遼子は阿部喜美火《あべきみか》、水面夜南《みなもやな》のカップルと合流。そこに、霧生六月が二台の車を用意してやってきた。リンカーンのリムジンだ。遼子は霧生、喜美火、夜南と同乗し、残った桑園高校のフライトメンバーはもう一台に乗り込む。

「〈乾燥者《デシケーター》〉との戦闘はどうだった？」

いきなり、霧生が訊ねてきた。中東で戦った時の話だろう。

少し濡《ぬ》れたような唇《くちびる》にやや濃いめのルージュ。霧生は目鼻だちのくっきりとした顔立ちで、妖艶《ようえん》な魅力《みりよく》がある。黒のスーツ姿でいることが多い。

「まだ、よくわからない。不思議《ふしぎ》な戦闘だった……」

喜美火が言った。ショートカットで肩幅が広い彼女は、美少年と間違われることが多い。

「姿は人間と同じだけど、人間とは決定的に違う……」そう言った夜南は基本的に無表情で、繊細《せんさい》なガラス細工を思わせる容姿の持ち主だ。「初めて『天敵』というものを前にした時の感覚がわかった気がする」

喜美火と夜南は、どちらも城戸高校の制服でしなやかな肢体《したい》を包んでいる。

霧生が手配したリムジンは普通の車より車体が長いので、車内でも全員が向かい合って会話することができる。

喜美火が窓から外を眺めると、大英博物館から黒煙があがっていた。

有名な中庭、グレートコートのガラス屋根はすべて割れている。

まるで神殿のような荘厳《そうごん》な大英博物館の建物は、爆撃で八割近くが崩壊《ほうかい》していた。それはただ「博物館が襲《おそ》われた」というより、人類の英知と歴史が陵辱《りょうじょく》されたと言ってよかった。

「ロンドンも襲われたんだな」

そう言った西園寺遼子は難しい顔をしていた。当然だ、この状況を楽観視できるパラベラムなどいるはずがない。遼子はニットキャップを被《かぶ》り、フレームが細いメガネをかけている。ブレザーの制服を着ていて、最近の女子高生らしくスカートは極端に短い。

「クリスマスに全世界が襲撃された。ロンドンだけで数十万人が死んだそうだ。時差があるんで正確にはばらつきがあるが」

と、霧生。

数十万人が死んで町中が混乱していたが、イギリス軍、イギリス首都警察《けいさつ》は総崩《そうくず》れにはなっていなかった。外出禁止令を徹底《てってい》するために、主要な道路の各所に検問《けんもん》が設置されている。どんな手を使ったのかは知らないが、霧生が手配したこのリムジンはいわゆる大使館ナンバーをつけていた。外出禁止令や検問を無視して、車はオックスフォード・ストリートからチャリング・クロス・ロードに折れる。

「それで……この車は今どこに向かってるんだ？　そろそろ教えてくれてもいいだろう」

遼子が不機嫌《ふきげん》そうに言った。

「どこから話せばいいかな……」霧生は微かに首を傾《かし》げる。「私は、灰色領域《グレイゾーン》という組織に所属している。──いや、所属していた、かな」

「それはもう前に聞いた。みんな知ってること」

と、つまらなさそうに夜南。

「灰色領域のバックについていたのは、外資系の医療器具販売会社メルキゼデク。私は、メルキゼデクから派遣《はけん》されて日本の灰色領域で働いていた」

「──メルキゼデクとは？」

遼子が目を光らせた。

「表向きは一般の企業だが、その実体は〈乾燥者《デシケーター》〉との〈選択戦争〉に備えて結成された秘密結社だ。少しでも強力な銃人、銃騎士、パラベラムを生みだすために、試行錯誤《しこうさくご》を繰り返していた。人前では口にできないようなこともかなりやってきたが、すべて人類のためだ」

「人類のため？　ピンとこない言葉だ」

喜美火は言った。人類を守る戦い、人類のための戦い——アニメや漫画にはよく出てくるセリフだが、いざこうして実際に使ってみると実感がわいてこない。喜美火にとって人類とは身近にいる人間たちのことだし、世界とは夜南と二人で過ごす時間のことだ。

「じゃあ、ピンとくるように説明してやろうか」

と、霧生は意味ありげに笑う。

「今まで、お前たちはどれくらいの人間と関わってきた？」

「——はあ？」

「母親、父親、兄、妹、親戚《しんせき》、クラスメイト、教師、幼なじみ、親友、友人、彼女、彼氏、元彼女、元彼氏——まず、今までに自分が名前と顔を思い出せるすべての人間を頭に浮かべてみろ。テレビで見た、とか名前だけ知ってる、みたいな人間は省《はぶ》いていい」

「…………」

喜美火、夜南、遼子の三人は少しだけ瞼《まぶた》を閉じて考え込んだ。喜美火の脳裏《のうり》に、今までの人生で出会った、あるいはすれ違った人間たちの顔が浮かんでは消える。最初に浮かんだのは、両親ではなく初めて出会った時の夜南の姿だった。

夜南の両親は巨額の不動産を持ち、様々な分野で多数のグループ会社を経営している。つまり夜南は正真正銘《しょうしんしょうめい》のお嬢様《じょうさま》だ。両親はそれぞれ違う会社の社長であり、どちらも一部上場企業だ。それに比べて、喜美火はみじめなものだ。

喜美火の両親は、どちらも大学教授だった。

父の名は、阿部城介《あべじようすけ》。心理学の専門家だった。

阿部城介は、夜南の両親から多額の資金援助を受けていた。何の研究をしていたのか、喜美火と夜南は知らない。知っているのは、研究は途中で失敗して喜美火の父親が資金を持ち逃げしたという事件だけだ。そのことを恥《は》じて、喜美火の母親は自殺した。

阿部城介は夜南の両親を騙《だま》したのに、水面家の人々は阿部喜美火を受け入れてくれた。喜美火は資金を盗んで行方《ゆくえ》をくらました父を恥じ、そして自分に優しくしてくれる水面家——特に、年齢が近い夜南のことを大切に思うようになった。子供のころから、ずっと一緒にやってきた二人。初めて出会った時、夜南は「親が悪くても、子供は気にしなくていいの」と言って、喜美火を優しく抱きしめてくれた。「だって、親は生まれてくる子供を選べないし、子供も親は選べない。すべては、なるようにしかならないんだから」

喜美火には、傷がある。夜南を誘拐犯から命懸けで守ったときの傷だ。夜南のためなら、命も惜しくはない。だが、そんなことを言うと彼女に怒られる。「あなたが死んで、そのおかげで私が生き残っても、嬉《うれ》しいわけないじゃない。ときどき、喜美火って本当にバカなんだから」

(ああ……)

ちょっと思い出しただけで、もう五人だ。夜南、夜南の両親、自分の両親。父の阿部城介は大切な人間ではないし、今どこで何をしているのかもわからないが、それでも顔や名前を忘れたわけではない。

他にも、喜美火はクラスメイト全員のことを思い出せる。自分のクラスだけでなく、同学年の他のクラスも三分の一くらいなら顔と名前が一致する。そして教師たち、学校外の友人。ちょっと前に盲腸《もうちょう》の手術をやったので、その時の担当医、看護師《かんごし》のことも覚えている。

「何人くらいになった？」と、霧生。

「二〇〇人」

夜南が答えた。かなり多い。

「一五〇人ちょっとかな……」と、喜美火。

「二五〇人だ」

遼子は夜南を上回った。確かに遼子は顔が広そうだ、と喜美火は思う。それにしても、二五〇人という数が嘘《うそ》でなければ大した記憶力だ。

「その全員を合計して六〇〇人」

霧生は続ける。

「地球の人口が六〇億人とする。今回、クリスマスの戦いで死んだのが六〇〇〇万人。

全人口の一パーセントだ」

「……っ！」

喜美火、夜南、遼子の三人は同時に目つきを険《けわ》しくした。

「今、お前たちは知っている人間の『顔』を思い出した。三人合わせて六〇〇人。その一パーセントは六人。たった一日で、知り合いが六人殺されたんだ」

大量の死亡者数が、霧生の説明によって急に実感を伴《ともな》った。

「六〇億人をなめるなよ。善人もいれば悪人もいる。サラリーマンもいれば、ホームレスもいる。職業も人種もセクシャリティも多種多様。膨大《ぼうだい》な数の命にそれぞれの『顔』があって、それぞれの生活がある。

本来、乾燥者《デシケーター》の役割は人口調整だ。だが、新生人類騎士団の登場によって、彼女らの目的が調整から完全な殲滅《せんめつ》に変わった。人類を皆殺しにしても『次』が決まっているから大丈夫ってわけだ。このままだと、とんでもないことになる……」

普段は何を考えているのかわからないところがある霧生だが、死者の話をしている時は軽さのない真摯《しんし》な眼差《まなざ》しだ。

「私は、人類を守るためなら手段を選ばない。仲間になってくれ」

「わかった」遼子が即答した。「あんたの言うことには『説得力』がある。それは、私が最も信頼する要素だ」

「私たちは中東で信じられないものを見た。信じられないものと戦った」そう言って夜南は目を細める。「もう、昔の自分には戻れない。あんな経験をした以上、引き返せない」

「夜南の言う通りだ。今更、あなたから離れるのがいい選択とは思えない」

喜美火も深くうなずいた。

リムジンが、チャリング・クロス駅の近くで停まった。

古めかしいレンガ造りの、五階建ての建物の前だ。正門には「Melchizedek」と表札がかかっている。灰色領域《グレイゾーン》のバックについていた、外資系の医療器具販売会社メルキゼデク。表向きは一般の企業だが、その実体は対乾燥者の秘密結社。そんな重要な組織の施設としては、あまりにも小さい。

「メルキゼデク本社ビルへようこそ。歓迎《かんげい》する」

喜美火はもっと大きな会社を想像していたので、拍子《ひょうし》抜《ぬ》けだった。

「……ビルというよりは、古い教会か砦《とりで》に見える」

遼子が感想を漏《も》らす。

「当然だ」と、霧生。「古い教会を改装した建物だ」

メルキゼデク本社ビルには、パイプオルガンが設置された礼拝堂《れいはいどう》があった。ステンドグラスからさしこんできた陽光が、宙に舞う細かい埃《ほこり》の存在を浮かび上がらせて、光の道のようなものを作り上げている。

　パイプオルガンを、一人の女性が演奏していた。地を底まで震わせるような重い音色が、ホールのような礼拝堂内に反響して人の情動を刺激する。メンデルスゾーンの曲だ。

　見事な技量を披露《ひろう》しているのは、メガネをかけた日本人女性だった。つぶらな瞳の童顔で、少女のように見えるが外見だけでは年齢がわかりにくい。口元には柔和《にゅうわ》な笑みが浮かんでいて余裕を感じさせる。

「お待たせしました」

　霧生が珍《めずら》しく畏《かしこ》まって頭を下げた。

　すると女性は演奏を中断し、喜美火たちの方に体を向けた。タイトなスーツ姿だ。パイプオルガンから離れた途端《とたん》、彼女の顔から子供っぽさが消えて、いかにもやり手のキャリアウーマンといった知的な雰囲気《ふんいき》が漂《ただよ》う。

「メルキゼデク・パラベラム部門の総責任者を務めております、宮脇奈々《みやわきなな》です。よろしくお願いします」

乾燥者《デシケーター》の仲間と落ち合う時は、いつも渋谷109ビルの上だ。

上といっても、屋上ではない。建物の上に直接、平然と立っている。シューリンの――乾燥者の運動能力なら、どんな高層ビルでもジャンプで上り下りすることができる。

「あんぱん食べたいな……」

成熟する前の、子供と大人の中間のようなやや痩《や》せた体のシューリン。本人さえどこの学校のものかわからない制服を着ている。長い髪は、ちょっとだけボサボサ気味《ぎみ》。睫毛《まつげ》が長くて、肌が浅黒い。肌の黒さの分、唇の健康的なピンク色が引き立つ。

「でも、もう無理なのかな……」

シューリンの眼下《がんか》に広がる渋谷の街並みは、前夜の戦闘で荒廃《こうはい》していた。シューリンとは面識《めんしき》がない、外国からやってきた二人の乾燥者が、新宿、渋谷、赤坂、六本木、市ヶ谷周辺を舞台《ぶたい》に、自衛隊や在日米軍と激戦を繰り広げたのだ。自衛隊は戦車を、在日米軍も戦闘機まで出した。結果、乾燥者の一人は重傷を負ってやがて消滅。しかし人類側の被害も大きく、巻き込まれて数十万人という一般市民が死傷した。

かつて若者で溢《あふ》れていた渋谷109周辺も今は閑散《かんさん》としている。道路には砲弾の大穴が開き、乾燥者を狙って外したミサイルによっていくつもの高層ビルが倒壊《とうかい》していた。

渋谷にある建物のほとんどの窓ガラスが割れているのが、戦闘の激しさを物語っている。

「シューリンは殺さないんだね」

と、センパイが言った。

センパイ、ニトロ、ヒョウコ、ツバメ――音もなく、仲間たちが全員集合している。

セミロングの髪を青い色に染めたツリ目のニトロ。ブレザーの制服に紺色のハイソックスを組み合わせている。

ショートカットでメガネをかけた神経質そうなヒョウコは、古風なワンピース姿だ。

「みんな、おおあばれだね」

「他人《ひと》ごとみたいに言うなや、シューリン」と、ニトロ。「そろそろ乾燥者の仕事をせな」

「仕事って……そんな風に言われると、やりたくなくなっちゃうな」

そう言って唇だけでシューリンは微笑《ほほえ》む。

それを挑発《ちょうはつ》と受け取って、ヒョウコが柳眉《りゅうび》を逆立てた。

「やりたいとかやりたくないとか……そういうことじゃないでしょう！」

「私たちはシューリンが何もしなくても別に困らないからいいけど」センパイは苦笑いを浮かべて、言う。「……〈センセイ〉と〈ショウグン〉はそうはいかない。全世界で戦う仲間の手前、シューリンを遊ばせておくとしめしがつかない」

「人を殺したくない」

「それはアカンて、シューリン」ニトロが肩をすくめてみせる。「あんたかて『連中』にヒドイ目にあわされた。だから乾燥者《デシケーター》になったんやろ？」

「ん……？」

と、シューリンはニトロの言葉に首を傾げる。

「人間にひどいことをされると、乾燥者になるの……？」

「〈乾燥者〉になるには三つのパターンがある」と、センパイ。「一つは〈生まれつき乾燥者〉のパターン。シューリンがそうだ。センセイやショウグンもそうらしい。能力が最初からすべて使えるわけじゃないが、いくつかの覚醒《かくせい》を経て強力な乾燥者に成長する」

続ける。

「次が〈発病型乾燥者〉。普通に生きてきた人間が突然、体の一部が少しずつ石や砂になっていくという奇病にかかることがある。もちろん、人間にはこの病気の正体なんてつかめるわけがない。これは乾燥者になる前兆《ぜんちょう》のやまいだからだ」

シューリンは四神美玖《しかみみく》のことを思い出す。あの事件に直接関わることはなかったが、一兎《いっと》がひどく苦しんでいて、遠くから見ているだけでも辛かった。

「生まれつきではないが、乾燥者になる資格を持った少女たち。ツバメがこのパターンな」

「そうでーす！」

と、ツバメが無邪気《むじゃき》に手を挙げた。

センパイは微笑んでツバメの頭を撫《な》でつつ、言う。

「乾燥者になれなかった少女は、乾ききって完全に砂になる。……で、三つ目が〈死者から乾燥者〉のパターン。一番多いのがこれ。〈センセイ〉や〈ショウグン〉が、悲惨《ひさん》な死に方をした少女の遺体《いたい》を集めて乾燥者にしていった」

「……生き返らせて？　乾燥者に？」

「別の生物に変えちゃうわけだから、厳密には『生き返らせてる』のとは違うかも。でもまあとにかく、そういう感じってこと」

「センパイもそうなんですか？」

「私はよくわかんないんだよな……色々と記憶が薄れてて」

と、センパイは唇をすぼめてとぼけた顔を作る。これでは、彼女の言葉が本当なのかただごまかしているだけなのか判断がつかない。

「死んだ人は……誰でも乾燥者にできるんですか？」

「それはないよ。もしそうだったら、乾燥者の仲間はもっと多い。『悲惨な死に方をした少女』と言ったはずだ。悲惨な死に方をして、特に精神力が強い少女に限られる。まあ、説明するより実際に見せた方が早いだろう。ヒョウコ、例のヤツをシューリンに頼むよ」

センパイに話を振られて、ヒョウコは露骨《ろこつ》に嫌そうな顔をした。

「例のヤツ……？　嫌だ」

「じゃあウチがやるワ」

ニトロがひょい、と身を乗り出してきた。

「それはもっと嫌だ！」

ヒョウコが声を荒らげた。シューリンは「何をするつもりなんだろう？」と怪訝《けげん》な顔つきで二人のやりとりを見ている。

「じゃあ……仕方ない……」

渋々、ヒョウコは服のポケットから錠剤《じょうざい》を取り出して口に含んだ。シューリンは、その錠剤のことを知っている。

乾燥者《デシケーター》が使う錠剤は主に二種類。人間をパラベラムに変えるためのものと、記憶を交換するためのものだ。今、ヒョウコが使ったのは後者の錠剤だった。口に含んで、自分の記憶を錠剤に記録し、それを口移しで相手に送り込む。自分の知っていることを、簡単に相手に伝えることができる。映像、記憶として他人の頭の中で再生されるので、口で説明するよりもずっと手っ取り早い。ようやく、シューリンにもヒョウコが嫌がった理由がわかった。

「ふん……いくぞ」

「うん」

シューリンとヒョウコは唇を重ねた。ヒョウコは、特殊なシナプスをたっぷりと吸収した錠剤を舌でシューリンの小さな口に押し込む。

「んっ……」

ヒョウコの記憶の一部が、シューリンの脳内で再生され始めた。シューリンは、その記憶を自分が実際に経験したことのように感じる。

＊

少女がいた。まだ、名前を捨てる前のヒョウコだ。

こう見えて、ヒョウコは太平洋戦争前の生まれだった。

神奈川県、横須賀《よこすか》の出身だった。

日本はアメリカと戦い、敗北した。そして短い期間だが、進駐軍《しんちゅうぐん》（占領軍）の統治下におかれた。大きな港がある横須賀にも、米軍が上陸してきた。

まともな米兵もいたが、中には日本人を人間と思っていない米兵も多くいた。戦争中、上から「黄色いサルを殺せ」と訓練されていた兵士たちだから、当然と言えば当然のことだった。そんな一部の米兵たちは、日本人に暴力を振るうことにためらいがなく、女性を襲い、時には老若男女に拘《かか》わらず殺した。

大人がしでかした戦争のツケを払うのはいつだって若い世代だ。ヒョウコも、その若い世代の一人だった。物心がついた時には戦争が始まっていて、苦しい時期が続いて、いつの間にか負けていた。米兵が罪を犯しても、当時の日本に彼らを止められる人間はいなかった。何かあっても、人々は見て見ぬふりをした。大本営発表に浮かれていた大人たちが、今は米軍を恐れて縮こまっている。

日本政府は、米兵のためにわざわざ「慰安所《いあんじょ》」を作った。そこに、米兵の相手をするための女性が集められた。しかしそこまでやっても、米兵の犯罪は続いた。

横須賀の高等女学校に通っていたヒョウコは、学校の帰り道、トラックでやってきた米兵に連れ去られて、近くの東京湾に面した公園で二〇人近い男たちに輪姦された。殴られて、歯を折られて、犯された。ヒョウコの体で用を済ませた米兵たちは、彼女の腹に一発拳銃の弾を撃ち込んで、そのまま海に放り捨てた。

腹から血を流しながら、無残な姿の少女は冬の海を漂っていた。

水は冷たく、氷のようだった。失血死する前に凍死しそうだ。

その冷たさが、彼女の新たなスタート地点になった。

捨てられた少女の死体を、どこからか突然現れた一人の乾燥者《デシケーター》が見下ろしている。

乾燥者たちの指揮官の一人——〈ショウグン〉だ。

ショウグンはヒョウコを助けて、乾燥者として蘇生《そせい》させた。

「氷みたいな海……体が凍りそう……この冷たさを……忘れない」

「わかった。今日から、お前の名前は〈氷凍《ヒョウコ》〉だ」

＊

「——っ！」

シューリンは、ヒョウコの記憶から解放されて、自分の意識を取り戻し、弾かれたように唇を離した。シューリンもヒョウコも顔は青ざめていて、唇は紫色になっている。

ヒョウコはキスをしていた唇を手の甲で「ぐい」と拭った。

「伝わったみたいだね」

センパイが微笑んでいる。目は笑っていない。

「シューリンは、人を殺すのはよくないことだ、とか。

なぜ乾燥者は人を殺さなきゃいけないのか、とか。

そんな考え事をたくさんしていると思うんだけどさ。

もう、どうでもいいんだよ。細かいことは。考えるな、感じるんだ」

「……………」

「どっかの偉い人が言ってたよ。『人間は考える葦《あし》である』と。人間はもろく折れやすい植物みたいだけど、考えることによって真の幸福を追求できるかもしれないんだって。

シューリンはどう思う？」

「それこそ人間の思い上がりかもしれない」

「その通り」センパイはパチン、ときれいに指を鳴らした。「『考える』ことはそんなに尊《とうと》いことなのか。たとえば国家の指導者が何かを『考える』たびに、大勢が傷ついてきた。何も考えない方がいい人間に限って、誰かに褒《ほ》めてほしくて余計なことを始める」

「人間はたくさん『考えた』末に、勝手に国境線を作って内輪で小競《こぜ》り合《あ》いを始めた」

と、ヒョウコ。

「好きなんやろ、争うのが」

そう言ってニトロは大あくびをした。そろそろ長話に退屈《たいくつ》しているようだ。

センパイは深々とうなずき、

「そりゃそうさ。みんな大好きな戦争だ」

4

「大混乱だな。思っていたよりも人類側の動きが鈍《にぶ》い」

阿部城介が言う。

「シンクロニシティがあんなに気を遣《つか》っていたのに……。結局ワンサイドゲームになりそうだ」

「いよいよね。二一世紀、人類終焉《しゅうえん》の世紀」

その隣《となり》には、那須《なす》一子《いちこ》の姿。

二人はパラベラムでも乾燥者《デシケーター》でも——普通の人間でもない。

いくつかの条件をクリアして、次世代人類となる資格を持った二人だ。

新生人類騎士団《newraceknights》。

戦争がはじまった。人類と乾燥者の戦争だ。人類が勝てばそれで終わりだが、乾燥者が勝ったあとはどうなるのか？

乾燥者は一つの世界に定住しない。少女たちは目的を果たすか倒されるかした場合、多次元宇宙を放浪《ほうろう》する長い旅に出る。乾燥者たちが胸に抱く渇望《かつぼう》は、実は永遠にみたされることはない。世界を変えるたびに記憶を消去しながら、時には仲間を増やし、時には一時的に人間に生まれ変わりつつ、新たな選択戦争の始まりを待つ。

乾燥者《デシケーター》が勝利し、地球から人類が消えた時、新たな文明を築くのは阿部たち次世代人類——新生人類騎士団の役目だ。

「神様が七日で作った世界が壊れて、俺たちが最初からやり直す。有史上、世界中の革命家が欲しがっていた『リセットボタン』がとうとう現実のものになる」

「人類の歴史。そのゴールがリセットボタン……か。いい話だなあ」

と、一子は白い歯を見せて笑う。

阿部と一子は、全面ガラス張りの美しい建物の中にいた。国立新美術館の、二階展示室である。二人の前には、芸術と呼ぶには値しない、くだらない絵画がたまたま展示されていた。「日本の現代美術は閉塞《へいそく》している」というのが二人の共通した見解だ。CGの多用も、オタク文化の吸収もこけおどしにすぎない。

「美術館に便器を持ち込んで、それを芸術だと言い張った人間がいる」と、阿部。

「それは芸術じゃない」

一子がすかさず言った。

「その通り。私もそう思う。芸術にはメッセージがあった方がいい。美術館の便器にも、作者なりのメッセージがこもっていたんだろう。だが、大多数の人間にとって便器は便器でしかない。メッセージが伝わらないということは、その作品は空っぽということだ」

「芸術を鑑賞する側のレベルが低くて伝わらないこともあるかもよ？」

「それこそが文化の閉塞だよ。つまり——」

「そうなったら、一度ジャンルそのものを破壊して再構築するのが手っ取り早い」

「ああ、まさにリセットボタンだ」

戦いが始まり、この美術館も今は無人だ。阿部も一子も人間ではない。見た目は人類でも、中身が違う。最初はパラベラムだったが、そこから進化した存在だ。だから、ここには一人も人間はいない。

「このあたりは、静かね」

そう言って、一子は空気の味を楽しむかのように深呼吸した。

「流れ弾で六本木ヒルズが壊滅《かいめつ》、死人の山が出た」

「素晴らしいわ。この静寂《せいじゃく》が、ずっと欲しかった。全人類のリセットボタンは、このまま上手《うま》くいっちゃうのかしら？」

「リセットボタン——つまり、乾燥者たちは絶好調だよ。さっきも言ったが、人類側の動きが鈍い。徹底的な情報規制が仇《あだ》になったのさ」そう言って、阿部は皮肉っぽく笑う。

「何事も極秘《ごくひ》裏に準備を進めようとして、結果的に対応が遅れてる。いざ〈選択戦争〉が始まれば、隠すことなんて不可能なのはわかっていたろうに……」

一階から、一人の男があがってきた。阿部と一子に近づいてくる。

男の名前は、巻昭彦《まきあきひこ》。二人の仲間、すなわち新生人類騎士団の騎士である。

大柄で丸々と太った巻は、若い男を肩に担《かつ》いでいた。

「我々の次の行動は？」と、一子。

「その前に、片づけておくことがある」

答えて、阿部は巻が担いでいる男に視線を向けた。

阿部の合図で、巻が若い男を床におろす。

かつて阿部は、灰色領域《グレイゾーン》の北条茂樹《ほうじようしげき》とともにパラベラムに関する研究に取り組んでいた。

巻が運んできたのは、北条の義理の息子であり、彼の最強の右腕でもあった藤堂剣児《とうどうけんじ》だ。

J大学の学生で、プロの総合格闘家。

身長は高いが顔は小さく足が長い。完璧《かんぺき》な八頭身のスタイルの持ち主。

強力なP・V・F――六八口径アイデンティティ・グラップラーの使い手だ。

「…………」

藤堂の視線は定まらず、口は半開きで、表情は虚《うつ》ろだった。

「ずいぶん藤堂君はぼんやりしてるな」

阿部がそう言うと、巻は「すみません、取り押さえるのに苦労して……精神安定剤を過剰《かじょう》に投与したかもしれません」

「ふむ……」

阿部はシャツの胸ポケットからペンライトを取り出した。藤堂の瞼を指で開けて、ライトの光を当てる。瞳孔《どうこう》の反射や眼球の反応を確かめてから、一応手首の脈もみておく。

「まあ、命に別状はなさそうだから問題ないが、以後気をつけてくれよ」

「はい、申し訳ありません」

「さて、と……」

阿部は正体を失っている藤堂を床に直接横たえて、両腕を前方に伸ばした。

「これより、術式を開始する」

一瞬で、彼の両手が黒く染まった。

いつの間にか、ブラックレザーのオープン・フィンガー・グローブが彼の両手に装着《そうちゃく》されている。

これは、ただのグローブではない。手術用多目的精神干渉グローブ。他人の「心」に触れるための魔法のアイテム。P・V・Fと同じく、精神力でできている。

「このやり方は久しぶりだ」

と、阿部は笑う。

阿部は藤堂の胸の上に手を置いた。

藤堂の胸から、大きな物体を引っ張り出す。まるで、タネも仕掛けもないマジック。

「——っ！」

出てきたのは、鋼鉄《こうてつ》のセミだ。普通のセミの数十倍というサイズで、口には昆虫にはありえないはずの獰猛《どうもう》な牙が並んでいる。

それは、藤堂剣児の心を物理的に象徴化したものだ。

メンタル・シンボライズド・マテリアル。

阿部城介は、人の心を「もの」として体から取り出すことができる特殊能力者である。美しい心を持っている人間の胸からは、何か美しいものが出てくる。みにくい心の持ち主からは、みにくいものが。

超能力のレベルにまで高められた精神医学、心理学の使い手——象徴心理療法士《しようちようしんりりようほうし》、という。象徴心理療法士は、取り出したメンタル・シンボライズド・マテリアルに手を加えて、自分の思い通りに操作《そうさ》することができる。

阿部城介は、偽名である。彼は、高校卒業と同時に一度自分の戸籍《こせき》を抹消《まつしよう》し、それからこの偽名を名乗ってきた。

本当の名前は阿場城址郎《あばじようしろう》といった。

5

　クリスマスの早朝、千葉県船橋市。

　陸上自衛隊、習志野《ならしの》駐屯地《ちゅうとんち》に、対乾燥者《デシケーター》の部隊が集合していた。

　金剛《こんごう》聡《さとる》三等陸佐《さんとうりくさ》が指揮《しき》する、陸自中央即応集団・特殊作戦群超心理学装備小隊だ。

　超心理学装備――いわゆる、P・V・Fを使うことのできるパラベラムが所属している部隊ということだ。

　国家のために戦う自衛官パラベラム。

　小隊長の金剛自身がパラベラムであり、この部隊の発案者でもある。

　金剛は若く、筋肉質の長身。普段はメガネをかけているが、今日はコンタクトにしている。

　ずっと待機していた彼の部隊に、いよいよ防衛出動命令が下った。

「いくぞ、日本を守る戦いだ」

　――その乾燥者の名前は、レンレイといった。チベット自治区ラサの出身だ。

　チベットはかつて独立した国だったが、現在は中国政府の支配下にある。チベットでは独立運動が盛んだが、中国はそれを武装《ぶそう》警察によって弾圧《だんあつ》している。レンレイは、弾圧に巻き込まれて死んだ少女の一人。そんな彼女が派手《はで》なチャイナドレスを着ているのは、故意の皮肉だった。

レンレイは長い黒髪をなびかせて飛翔する。

左腕には、恐竜の化石のような巨大なP・V・F。

中国で仲間のツバメと一あばれして、それから海を越えて東京都内各所で虐殺《ぎゃくさつ》を繰り広げたレンレイは、習志野駐屯地を襲撃することにした。そこが、自衛隊の精鋭が集まる場所だと聞いていたからだ。

センセイやショウグンは「まだ習志野への攻撃は控《ひか》えるように」と言っていたが、レンレイは命令を無視した。

前哨戦で人類の盾であり剣――パラベラムとの戦いも経験した。

すでに数人の中国軍のパラベラムを血祭りにあげ、何十万人も殺してきた。戦車や戦闘機にだって負けない。むしろ、今までの相手では物足りなかったくらいだ。レンレイはもっと殺したい。乾燥者《デシケーター》とはそういうものだ。命を踏みにじられたものが、命を踏みにじって何が悪い。

そんなレンレイの前に、すでにP・V・F展開済みの三人のパラベラムが立ちはだかった。

住民が避難して、半ばゴーストタウンのようになってしまった西船橋の住宅街で交戦開始。敵のパラベラムは、それぞれマンションの屋上でレンレイを待ち受けていた。

「どけよッ！」

レンレイは腕の銃を発砲する。

大量の光の弾丸をばらまいて、それで終り。

――そのはずだった。

「！」

ぶん、と何かを振り回す重い音がして、レンレイが放った光弾が弾き返された。敵が何をやったのかはわからないが、狙いを外した光弾があさっての方向に飛んでいき、まったく無関係の建物を破壊することしかできなかったのは確かだ。

レンレイはパラベラムと戦い、何人も殺してきた。

だが――目の前にいる三人のパラベラムは今までの相手とは何かが違う。

訓練されている。乾燥者と戦うことに特化した部隊なのか。

乾燥者の指揮官たち――〈センセイ〉や〈ショウグン〉、そして〈センパイ〉は、二人一組での作戦行動を推奨《すいしょう》している。人間たちの言葉を借りるなら、エレメント、だ。さらに用心深いショウグンは、できることなら四人以上でフライトを組め、という。今ようやく、レンレイはその言葉の重要性を実感した。

油断《ゆだん》していた。危ないかもしれない。

陸上自衛隊、中央即応集団・特殊作戦群超心理学装備小隊が、敵乾燥者《デシケーター》の前に展開した。

敵はチャイナドレスを着た少女で、巨大な銃を装備して空に浮かんでいる。ふざけてやがる、と金剛聡三等陸佐は苦々しく思う。あんなか細い少女が、人類の生存を脅《おびや》かす巨大な敵であっていいはずがない。納得《なっとく》はしていないが、現実に人が死んでいる以上、なんとかするのが自衛官の職務だ。そのために、準備を積み重ねてきた。

金剛の隣には、二人の部下がいる。田之上《たのうえ》と風神《かざがみ》。二人ともパラベラムである。

「…………」

田之上は無口だ。

普通に戦っても人間とは思えないほど強い。習志野の第一空挺団で、対ゲリラ戦のテクニックを骨の髄《ずい》まで叩きこまれた男だ。日焼けしていて、頭は丸坊主。すでに、右腕にP・V・Fを装着している。

田之上のP・V・Fは、ガトリングガン・タイプ。先端に、太い鎖でつながった直径一メートル近い鉄球がついている。

名前は、六八口径エゴ・アームズ、チェーンギャング・デバステイター。

「実戦の緊張感……ゾクゾクします……」

　風神が言った。

　自衛隊には相応《ふさわ》しくない、戦闘狂の女性自衛官だ。長身でグラマー。右の目尻に泣きぼくろ。昔は女性自衛官らしいショートカットだったが、パラベラムになってからは髪を伸ばし、シルバーグレイに染めている。立場がよくなった途端、やりたい放題だ。性格はサディスティックで容赦《ようしゃ》がない。

　彼女は左利きなので、P・V・Fも左腕に装着している。

　ショットガン・タイプのP・V・Fだ。本来ならバヨネットがついているような場所に（普通ショットガンにバヨネットはつけないが）、凶悪な形状の鋭いドリルがついている。

　風神のP・V・F、九〇口径エゴ・アームズ、未亡人製造機《ウイドウメーカー》。

「きたぞ、乾燥者だ」

　と、小隊長・金剛は無線で言った。人間相手の実戦なら無線は封鎖《ふうさ》した方がいいが、相手が乾燥者なら気にする必要はない。金剛のP・V・Fは森林迷彩《しんりんめいさい》色で、腕を守る装《そう》甲《こう》の上に銃口が砲塔として独立している。

　戦車型P・V・F、〇七式エハ、という。エゴ・アームズ・ハ号。略してエハだ。

　チャイナドレスの乾燥者が、左腕に装備した恐竜の化石のような巨大な銃器を発砲した。数百という光の弾丸が降ってくる。

田之上が、彼のＰ・Ｖ・Ｆ、チェーンギャング・デバステイターについている鉄球をぶん！　と振り回した。彼が振り回すと、巨大な鉄球のサイズがさらに膨《ふく》らむ。鎖が伸びる。高速で振り回す。

ほとんどアドバルーンのような大きさになった鉄球が、乾燥者《デシケーター》からの攻撃をまとめて弾き返した。彼の鉄球は、攻守どちらにも使える万能武器だ。

「撃てッ！」

金剛、田之上、風神の三人は一斉にそれぞれのＰ・Ｖ・Ｆを発砲した。

同時に、乾燥者に対して大量の精神系通常弾を食らわせる。

しかし、乾燥者が展開するトラウマ・シェルは強力だ。精神系通常弾はほとんど無意味と言っていい。

ここまでは、金剛にとっても想定内だ。簡単に勝てる相手とは思っていない。

自衛隊としての優位を最大限まで生かす。

「よし、高射砲《こうしゃほう》前へ！」

金剛は命令を飛ばした。

組織としての優位性、つまり、現用兵器と自衛官パラベラムの同時展開だ。

金剛の命令を受けて、六台の高射砲が前進し、チャイナドレスの乾燥者を射界に収めた。

87式高射機関砲《きかんほう》、愛称スカイシューター。

九〇口径三五ミリ機関砲を二門搭載《とうさい》。

高性能レーダーと、コンピュータ制御の射撃統制装置。低光度カメラ、赤外線映像装置。対航空機だけでなく、地上戦でも凄《すさ》まじい火力を発揮《はっき》する。

自衛官のパラベラム一人につき二台のスカイシューターがサポートにつく。これが、金剛が考え出した対乾燥者部隊の編制《へんせい》だった。金剛は、上層部に「なんでも好きに使っていい」と言われて、考えに考え抜いた末にスカイシューターを選んだ。戦車や戦闘へリよりも、乾燥者相手には高射砲の方が役に立つ。

スカイシューターの機関砲が火を噴いた。

凄まじい発射炎と砲声。火線が伸びる。空中に浮かんでいる少女の間近でいくつもの小爆発が発生し、さすがの乾燥者も動きが止まる。

パラベラムの攻撃と機関砲では、その性質が違う。乾燥者のトラウマ・シェルはどちらの弾丸も防ぐことができるが、違う性質の弾丸が同時に炸裂《さくれつ》すればほころびが生じる。

「くっ！」

乾燥者が、機関砲弾の連射に苛立《いらだ》ったような表情を見せた。銃口をスカイシューターに向けて、一掃《いっそう》しようとする。

その攻撃も、田之上が鉄球で弾く。

「――ッ⁉」

「あの高射砲は渋る高射特科からの借り物でな。しかも高価だ」

無口な田之上が、独り言のようにつぶやいた。

「国民の血税で作られたものだ。簡単に破壊させるわけにはいかん」

金剛は〇七式エハで乾燥者《デシケーター》を狙う。

砲塔が回転し、狙いを定めて、撃つ。

成型精神波炸薬弾――P・V・F用HEATだ。

つまり、敵の装甲を貫くための砲弾。

「！」

スカイシューターを狙っていた乾燥者のトラウマ・シェルに、金剛の成型精神波炸薬弾がめり込んだ。爆発し、光の粒子が飛散する。鏡が割れるような音が響く。

その乾燥者はまだ傷を負ったわけではなかったが、精神系通常弾、スカイシューターの機関砲弾、成型精神波炸薬弾の同時攻撃をもらってトラウマ・シェルを失った。

そこに、風神が突っ込んだ。

パラベラムならではの超人的な跳躍《ちょうやく》で、一気に乾燥者に肉薄する。

銃口近くについたドリルがうなりをあげる。

風神のドリルが、怯《おび》えた乾燥者の左肩を貫く。

「ぎッ!?」

高速回転するドリルの刃が、少女から左腕を引き千切る。

「あなた、美しいのに人類の敵なのね。もったいない」

「ああぁッ――――!」

「たっぷり可愛がってあげる!」

第二章　たぶんもう二度と会えない家族へ

エレメント／[Element]

＜パラベラム＞のペア。攻撃担当、防御担当に
わかれることで戦闘力が上がる。

1

東京都内、長谷川《はせがわ》志甫《しほ》の一軒家。

「始まったんだな……」

「『敵』も様子見をやめた。全面戦争だ。『こっち』も、報道管制を諦《あきら》めたらしい」

「ちょっと、あなたたち！　何の話をしてるの！」

睦美《むつみ》が、右腕を伸ばしてP・V・Fを展開した。

溢《あふ》れた光の粒子が睦美の腕を包み込み、やがて半透明の装甲《そうこう》を形成していく。虚空《こくう》から生じた装甲がダンダンダン！　と音を立てて積み重なって機関部、そして銃身となる。

伊集院《いじゅういん》睦美のエゴ・アームズ、六八口径バーンアウトだ。

「私たちは、パラベラムだ。これはP・V・F」

映画部の全員で、事情を知らない里香《りか》と早苗《さなえ》に今までのことをすべて説明した。

パラベラム、という特殊能力者について。

城戸《きど》高校の周辺で起きていた奇妙な事件と、戦いについて。

パラベラムはただの超能力者ではなく、より大きな存在に「仕組まれた」ものであり、その誕生には灰色領域《グレイゾーン》という組織が関わっていたことについて。

パラベラム、そして人類の敵——乾燥者《デシケーター》について。

早苗は事態を完全に把握《はあく》した。里香には話が難しすぎてよく理解できていないようだったが、それでも事態の深刻さだけは感じ取ったようだ。

「だいたいわかった……」

と、強張《こわば》った表情で早苗。

「で、その……パ、パラベラムのあなたたちは、これからどうするつもりなの？」

「一応、これからの方針を考えてみた」

睦美が鋭く言った。こんな時は、彼女の冷静さが頼りだ。

「とにかく、一度全員帰宅する。そして、家族と話しておく。家族を避難《ひなん》させるとか、やりたいことは今のうちにすませておく。そのあと、私たちはとりあえずこの家に再集合する。志甫には申し訳ないが、ここを仮の拠点《きょてん》と定めてしまう。一人一人バラバラに行動すれば、各個撃破でやられていくだけだ。それは避《さ》けたい」

「家族を避難……ですか。日本のどこが安全になるんでしょうか？」

一兎《いっと》は途方《とほう》にくれて訊ねた。

「正直に言っていいか」と、睦美。

「もちろん」

「世界のどこにも、安全な場所はない」


「あたしは、このままここに残るね」

と、志甫が言った。

「大丈夫？」

一兎は、志甫が無理をしているのではないかと心配する。

「うん、さっき家族と連絡をとろうとしてみたけど、つながらなかった」

「わかった……とにかく、何かあったらすぐに連絡を」

そう言い残して、一兎は志甫の家を出た。

乾燥者《デシケーター》の襲撃《しゅうげき》を受けた街は惨憺《さんたん》たるものだった。これで、大都市を襲撃した「ついで」というのだからたまらない。遠くでは高層ビルが折れ曲がり、繁華街《はんかがい》では火災が続き、遠くからサイレンの音が聞こえてくる。

警察《けいさつ》、消防、救急が麻痺《まひ》し、外出禁止令は有名無実なものになっていた。公務員も怖くて逃げだしたいのだ。踏みとどまって仕事をしろと言うのは簡単だが実行するのは難しい。そんな光景を見ても、まだ一兎には実感がない。今まで、パラベラムの戦いは水面下で行われてきた。人の目につかないように、敵も味方も注意していた。それが一気に、全世界規模の戦いに拡大してしまったのだ。どうしてこんなことになってしまったのか。

道は車で混雑している。そんな逃げ方をしても無駄《むだ》なのに、と一兎は思う。乾燥者たちは長く伸びた渋滞の車列を嬉々《きき》としてなぎ払うだろう。一兎はP・V・Fを展開し、建物の上を移動する。人の頭上に渋滞はない。

自宅正面玄関《しょうめんげんかん》で、一兎はP・V・Fを元に戻した。

「ただいま……」

「一兎！」

「母さん……姉さんも？」

「帰れなくなってるんじゃないかって心配してたんだから」

夫を失った姉——佐々木美香《ささきみか》、いや、まだ西田《にしだ》美香なのか。

そして父と離婚した母——佐々木聡子《さとこ》。

姉・美香が結婚した相手は、西田洋介《ようすけ》。彼は女性に暴力を振るうことに抵抗がなかった。ドメスティック・バイオレンスだ。時々ひどい暴力を振るわれては、美香は実家に逃げ込んできたが、今はその心配をする必要もなくなった。

一兎と志甫が、西田洋介を「殺した」から。

しかしそのせいで、結果的に一兎は四神美玖《しかみみく》を失うことに。何かを壊したものは、必ず何か大事なものを壊される。一兎はそう実感した。

一兎の人生には不運がつきものだった。常に周囲に振り回されて、ろくでもない人間につきまとわれて、学校では何かするたびにしくじり、よくわからないうちにカンニングやら変態《へんたい》やらいわれのない罪を着せられて、ずっとつまらない人生を送っていくものだと半ば諦めていた。そんな一兎にとって、心の支えだった優しい姉。

西田洋介——姉の結婚相手は、パラベラムたちの戦いに巻き込まれていた。灰色領域《グレイゾーン》が開発した特殊兵器、スキゾイド・ドーベルマンに寄生されていたのだ。スキゾイド・ドーベルマンは、別名クロスドレッサーと呼ばれていた連続殺人犯で、志甫の兄の仇《かたき》だった。

一兎の姉の夫であり、四神美玖の兄であり、長谷川志甫の兄の仇——。

西田は、複雑な背景を背負った男だった。もう何も語ることはない。

一兎の周囲は、友達や仲間の両親を見ても、なぜか離婚率が高い。上手くいっている夫婦があまりいない。全体的に離婚が昔よりも増えているらしいので、当然といえば当然なのだが、それに自分の両親も含まれているとなると他人事ではない。

母・佐々木聡子は離婚している。色々と理由はあったのだろうが、夫から暴力を受けていた可能性は高い、と一兎は思う。

一兎は、乾燥者《デシケーター》たちの特殊攻撃「心的爆撃」を受けた際、母親の心を覗《のぞ》いてしまった。若い頃の母は、父親——すでに他界した一兎の祖父にあたる——に無理やり服を脱がされて、殴《なぐ》られて、蹴《け》られて、遊び半分でタバコの火を押し付けられていた。

親から暴力を受けて育った女性は、本能的にそのトラウマを解消しようとして、暴力的な男性と結婚することがよくあるという。

母と姉は、そういう意味でよく似ているのかもしれない。

——パラベラムなんかに、ならなければよかった。

母の心を覗いたあと、一兎は心の底からそう思った。

麻薬をやっていた過去があり、父と離婚した母のことが、一兎はずっと苦手だった。

だが、母は一兎たちが作った自主制作映画を忙しいのにわざわざ観にきてくれた。

視聴覚室から出てきた母を見て、思わず姿を隠した一兎は、志甫とこんな会話を交わした。

「どうしたのさ一兎！」

「いや……母さんがいたんで、つい、びっくりして。でも、どうしてだろ……映画やってるなんて教えなかったのに」

「そんなもんだよ。一兎のお母さんなんだもん。勝手に調べて、勝手にやってくるよ。息子のことが気にならないわけないじゃない」

――あの時のことを思い出すと、どんなにつらくて悲惨《ひさん》な状況でも、なんだか胸の奥がくすぐったくなってくる。


一兎はリビングの椅子《いす》に腰をおろした。一兎が落ち着いているのを見て、聡子と美香は怪訝《けげん》な顔つきになった。少し意味もなくうろうろしてから、二人も席につく。

「もう、ニュースでも全然続報をやらなくなって……」

そう言いながら、聡子はリビングのテレビをつけた。ＮＨＫは「続報をお待ちくださいい」というテロップのみ。民放各局は、驚《おどろ》くべきことに朝のニュースを再放送している。ニュースの再放送なんて見たことも聞いたこともない。

「電話もつながらないし」

そう言った美香はそわそわしていて、落ち着きがない。

「インターネットはまだ大丈夫みたいだけど、結局わけのわからないことばっかりで」

「インターネット？」

一兎はオウム返しに言った。その発想はなかった。

「匿名掲示板《とくめいけいじばん》なんかで、どんどん書き込みが。被害地域に住んでる人のブログもあるし。

他にもたくさん」

「どんなことが書いてあったの？」

「空飛ぶ少女がビルを壊したとか、腕に巨大な銃器《じゅうき》をつけた異星人の襲撃とか。ほら、わけわかんないでしょ？」

話しながら、一兎は自分が姉と普通に話せていることに驚く。

突然、原因不明のまま夫を失い、姉は暗い表情が増えていた。その原因が自分自身であることを知っている一兎は、どんな顔をして姉と話すべきか悩んでいたはずだ。だが、大量に人が死ぬ緊急事態が、いつの間にか一兎と姉の間にあったわだかまりをすっかり解《と》いていた。

今、ようやく家族としてまとまろうとしている。少しだけ、昔に戻ったみたいだ。皮肉な話としか言いようがない。

「これから、どうする予定なの？」

一兎は母と姉に訊ねた。

「どうするもなにも、ねえ」と、聡子。

「どこに避難すればいいのかもわかんないし……」と、美香。

「どうしようか……一兎」

聡子に意見を求められる。

――どうしよう。秘密を話すべきだろうか。

避難する場所の選択は難しい。

乾燥者《デシケーター》の目的は人類を皆殺しにすることだ。

どこを襲うのかも、何人殺すのかも、彼女らの気分次第《しだい》。

それでも――避難する場所がないわけではない。一兎はいいアイデアを思い付いた。

「二人とも、隠れた方がいい。一番いいのは、彼女らが一度破壊した街だ。その残骸《ざんがい》に身を隠せば、しばらくは安全だと思う。彼女らの目的は、とにかくたくさん殺すことだ。破壊した場所に戻ってくるのには、時間がかかると思う」

「彼女らの目的……一兎、なんでそんなことがわかるの？」

美香が不思議《ふしぎ》そうに言った。

「それに二人とも……って、一兎はどうする気なの？」

聡子が不安げに眉を歪める。

「残って戦う」

一兎はきっぱりと言った。

ああ、今の俺、一歩間違えたら完全に頭のおかしな人だ、と思う。

「はあ？」

聡子と美香が、同時に気の抜けた声を発した。

「俺は、敵と――乾燥者と戦わないといけないんだ」

納得《なっとく》してもらうための方法は一つしかない。

一兎は、自分のＰ・Ｖ・Ｆを展開した。

右腕を包み込む、ありえないほどの重装甲。

一兎が新しく手に入れたばかりの力――アンフォーギブン・バリスタ。

戸惑《とまど》う二人に、一兎は今までのことをかいつまんで説明した。

どう話そうかずっと悩んでいたのに。話し始めたら、あっさりだ。母と姉は、どちらも狐にばかされたような顔をしていた。それはそうだ、と一兎も思う。自分だって当事者でなかったら、理解するのに時間が必要だったろう。とりあえず、一兎が戦わないといけない、ということさえわかってもらえればそれでいい。

「とにかく、人がいないところに」

身を隠せば生き残れるものだろうか。不安は残る。だが、他に選択肢はない。家族を守りたいのはやまやまだが、もしかしたらパラベラムと一緒にいる方が危険かもしれないのだ。今までと違って、乾燥者は積極的に人類側の戦力を潰しにくるに決まっている。

――こんな状況で、四神美玖は大丈夫だろうか？

一兎は、かつての恋人の身を案じた。彼女に会いに行きたい衝動に駆られたが、そこは我慢《がまん》した。下手《へた》に会って、余計なことをして、西田洋介のことを思い出されたら、大変なことになるかもしれない。

なんとなく、乾燥者《デシケーター》は美玖は殺さない気がした。一兎がその芽をつんだとはいえ、彼女は優秀な乾燥者になる資格を持っている。同士討ちのような真似《まね》はしないだろう。彼女たちは、人類とは違う。

やがて一兎は、家を飛び出した。

出る際に、なぜか母と姉とはもう二度と会えないような気がした。敵は、世界を相手に一歩も退《ひ》かないような、パラベラムから見ても完全に常識はずれの能力者たちだ。

――俺は、とうとう死ぬかもしれない。

それでも、仲間たちから離れたくない。

自分は死んでも、せめて志甫くらいは守りたい――。

（なに考えてるんだ、俺は）

悪い予感を気合で打ち消す。俺は生き残るし、みんなも死なない。全部上手《うま》くやって、ようやくまとまりかけた家族と一緒に暮らす日常を取り戻す。

2

工藤尾褄《くどうおづま》の家は大富豪《だいふごう》で、両親の性格にも特に問題はなく、おおむね恵まれていた。

両親からの愛情は感じていたし、感謝もしていた。だが、たとえ家族が相手でも、尾褄は不思議なほど「誰かを愛する」ことが苦手だった。

尾褄は自宅ではなく、新城香澄《しんじょうかすみ》のマンションに向かった。尾褄の両親は仲がいい。きっと、二人で励《はげ》まし合《あ》っているはずだ。香澄は、間違いなく孤独だろう。こういう時、迷わず寂しがっている方に駆けつけるのが尾褄の性格だった。

新城香澄は、尾褄とセックスをした何十人目かの人妻だ。香澄の夫は単身赴任《たんしんふにん》で名古屋にいる。乾燥者の襲撃が始まった今、東京に帰ってくるのは不可能だ。もともと、香澄と夫の仲は冷え切っていて、帰ってくることができたとしても、香澄に会いに来るかどうかは微妙なところだった。そんな夫婦だからこそ、香澄は尾褄を誘惑《ゆうわく》したのだ。そして尾褄は、誘惑されたらそれを断らない。

尾褄は、香澄ではないが、ある人妻を殺しかけたことがある。尾褄にのめりこんだ不《ふ》倫《りん》相手が、自殺を試みたのだ。マンションの屋上から、ちょうど呼び出されてやってきた尾褄の目の前に落ちてきた。下に停まっていた軽自動車にめりこんだ彼女と目が合ったのを、今でもはっきりと覚えている。

覚えているのに、とても衝撃を受けたのに、それでも尾褄は懲《こ》りずに人妻と付き合っている。乾燥者との戦いが始まり、たくさんの人が死んでいて、家族も危険にさらされているかもしれないのに、香澄の部屋で彼女の熱心な奉仕《ほうし》を受けている。

ベッドの端に腰かけた尾褄の股間《こかん》に顔を埋めて、香澄は不安を振り払うかのように、熱心に舌を使っていた。尾褄が思っていたとおり、香澄は孤独だった。尾褄の訪問にこれ以上ないほど輝いた笑顔をみせてくれた。

「尾褄と一緒ならいつ死んでもいい」と彼女は言って、さっそく服を脱いでセックスをすることに。世界中で何が起きているのか、これからどこに避難しようか——そんな話は一切必要なかった。尾褄は、ただ彼女の欲情と不安を受け止めた。昔から、女性の負の感情を受け止めるのは得意だった。

「——っ！」

最初の絶頂を迎えて、尾褄は彼女の口中に精を放った。彼女は嬉々《きき》としてそれを飲み干した。一度くらいの射精で、尾褄の勃起《ぼっき》が萎《な》えることはない。余韻《よいん》にひたる彼女を抱え上げて、ベッドに押し倒し、貫く。彼女は嬌声《きょうせい》をあげて獣のように腰を振る。

「…………」

およそ四回の絶頂の果てに、疲れ果てて香澄は眠りに落ちてしまった。その寝顔を見ながら、尾褄は冷蔵庫から勝手に取り出した缶ビールを飲んでいる。未成年の飲酒は法律で禁止されている。

尾褄は、仮に五回射精したあとでもセックスを続けることができる。一回の射精にかける時間は、自分の意思である程度コントロール可能だ。その気になったら、放つことなく一時間は腰を振り続けることができる。そのことを勇樹《ゆうき》に話したら「長すぎるし、多すぎるよ！」と顔を真っ赤にして驚いていた。

「長いとか多いとか、人と比べたことがないからわからん」と尾褄はいい、わざと「勇樹はどんな感じなんだ？」なんて意地悪《いじわる》な質問をした。そのとき、結局勇樹は頰《ほお》を膨《ふく》らませて何も答えてくれなかった。

脱ぎ捨てた服のポケットの中で、尾褄の携帯電話が鳴った。

勇樹からだった。「すぐに来てほしい」と。

「……さよなら」

尾褄は、眠っている香澄の頰にキスをした。服を着て、すぐに彼女の部屋を出る。

もう、二度と会うことはないだろう。

尾褄は、勇樹の自宅前に駆けつけた。

正確には「自宅跡地」の前だ。

勇樹が、瓦礫《がれき》の山を前にして立ち尽くしていた。

「…………」

「両親がいたんだ。お祖父《じい》ちゃんお祖母《ばあ》ちゃんもいた」

尾褄の気配を背中で感じた勇樹が、瓦礫の山を見つめたまま言った。その山は、かつて勇樹の家を構成していた建材の残骸だ。

「ちょっと掘り返したら、全員分の死体を見つけた」

「勇樹……」

「……みんな死んじゃってた……」

尾崚は、背後から勇樹を抱き締めた。勇樹の頭を抱えて、声をかける。勇樹の体は、小刻みに震えている。

ちょっと前の、なにげない会話が尾崚の頭によみがえる。

『あら、いいのよー。そんな。尾崚くんは何も悪くないんだから』

あのとき、勇樹はおばあちゃんからおこづかいをもらっていたっけ——。

「いいか、勇樹。敵がいつくるのか、どこを攻めてくるのか予測するのは不可能だった」

尾崚は力を込めて言った。

「僕がここにいれば……」

勇樹が嗚咽《おえつ》まじりに、悔《く》やむ。

「何も変わらなかったよ。パラベラムだって、一人や二人でどうにかできる相手じゃない。自分を責めるな。仕方なかったんだ」

不倫相手が自殺未遂《みすい》したことを、クラスメイトに軽い気持ちでからかわれたことがある。そのとき、勇樹は尾崚よりも怒ってくれた。

勇樹と親しくなって、生まれて初めて、尾褄は他人に自分を支えてほしいと思った。だが、今は尾褄が勇樹を支えるべき時だ。

3

兄がクロスドレッサーに殺されて、志甫の家族はバラバラになった。両親は「志甫の顔を見ると殺された長男を思い出す」という理由で離れていった。それは何かの言い訳だったのかもしれないが、志甫が一人になってしまったのは確かだ。寂しくて、悲しくて、死にたくなる夜もあった。でも、今の志甫には仲間がいる。密かに、誰にも気づかれないように恋もしている。

部屋の隅で膝《ひざ》を抱えて座り、仲間の帰還を待ちながら、志甫は、一兎のことを考えている。本当は、乾燥者《デシケーター》との本格的な戦闘が始まる前に——告白しておきたかった。何度もそのチャンスはあったのに、そのたびにためらってしまった。きゅ、と軽く下唇《したくちびる》を噛《か》んで過去の自分を悔やむ。

そうこうしているうちに、睦美と早苗が戻ってきた。志甫は立ち上がって、玄関の鍵《かぎ》を開けにいく。

「おかえりなさい。どうでした……？」

「家族とは会えなかった。家に誰もいなくて……」まず、不安げな顔の早苗が答えた。「なんだか、みんなバラバラに逃げてるみたい。あちこちひどく混乱してて、連絡もとりようがない」

「そうですか……睦美さんは？」

「両親とは、ずっと前から連絡をとってなくてね。ただ、叔母《おば》には会ってきた。なるべく、人口が密集していないところに身を隠すようすすめておいた」

「里香ちゃんは、叔母さんに預けちゃったんですね」

「これから私たちは乾燥者《デシケーター》と戦う。私たちと一緒にいる方が、里香は危険だ」

里香はもともと、連続殺人犯だった教師の娘だ。身寄りがなくなったところを、睦美が引き取った。法律上の手続きをしたのが、睦美の叔母だ。

正確には、里香は叔母の養子ということになる。ここで里香を睦美の叔母に預けるのは、妥当《だとう》な判断だろう。

「同じことを早苗にも言ったのに、こいつはついてきたんだよ。まったく」

そう言って、睦美は腕を組み、早苗を軽く睨《にら》んだ。

「いいでしょ、別に。あなたたちにはまだ聞きたいこともあるし」

と、早苗はすねて唇を尖らせる。

「一兎たち、ちょっと遅いですよね……」

志甫はつぶやいた。

「何かあったら、連絡が来るだろう」と、睦美。

「ちょっと、携帯試してみていいですか？」

「ああ」

志甫は携帯電話をかけてみた。だが、一兎にも尾棲にもつながらない。

「ダメだ……」

「しまった。確かに、この状況で携帯電話が機能するわけないな。回線はパンクしてるに決まってる！」

睦美が舌打ちした。

「どうやって連絡を取り合いましょう？」

「あとで、皆で秋葉原にいこう」

睦美が意外な地名をあげて、志甫と早苗は「秋葉原ぁ？」と思わず顔を見合わせた。

「あそこで、強力な無線を仕入れる。無線なら、よほど離れない限り電話よりは通じる」

「なるほど」

納得した。さすが睦美さん、と志甫はうなずく。

——大丈夫、みんな戻ってくる。

志甫は、心の声で自分自身にそう言い聞かせた。

睦美は冷静だし、勇樹と尾樓がいれば城戸高校のフライトは一つにまとまる。一兎は、もしかしたら一人でも乾燥者《デシケーター》に対抗できるかもしれないすごい力を手に入れた。何もかもうまくいく。

――いくにきまってるじゃん！

志甫の兄は、少しかわいそうなほどのアイドル好きだった。影響を受けなかった、といえば嘘《うそ》になるだろう。

「志甫。お前には華がある！　目指せ国民的アイドル！」

それが、兄の口ぐせだった。

そんな兄に、アイドルのコンサートに連れていってもらったことがある。影響を受けたといっても、志甫はすぐにアイドルを目指したわけではない。生まれて初めて見たステージが切っ掛けだ。

現役の女子高生四人組という、バンド風のアイドルだった。きらびやかな衣装《いしょう》をまとい、華麗なダンスで観客を魅了《みりょう》し、ホールの隅々にまで甘い歌声を響かせる彼女たちは、雨上がりの虹のようにきらきらと輝いていた。

ステージ上のアイドルを見て、人が抱く感情は様々だろう。憧憬《しょうけい》、感動、興奮、欲情、羨望《せんぼう》、嫉妬《しっと》――。志甫の場合は、神秘を感じた。

（大勢に応援されて、コンサートで輝く彼女たちは、まるで人間じゃないみたいだ）

と、思った。

志甫は、自分が多少目立ちたがり屋だという自覚がある。しかし、ステージに立つとなればそれは「目立つ」とはまた別の次元の話だ。自分を表現し、ファンの夢と希望に応えなければいけない。人間としては当たり前のことが、アイドルには許されない。アイドルは、人間以上の何かを演じなければいけない。

誰にも話したことがないが、志甫は自分自身があまり好きではなかった。いくら勉強しても成績は良くならないし、声は甘ったるくて甲高《かんだか》いし、顔も子供っぽくてコンプレックスの要因になっていた。

――そんな自分を変えるためには、ステージしかないのかもしれない。

志甫は自分の未来を思い描いた。

自分も「あの場所」で輝きたい。

そして、観客席に兄がいれば最高だ――。

――しかし兄が殺されて、志甫の未来を描いた予想図は粉々になった。まるでパズルのようになってしまった。それでも長い時間をかけて、修復は進んでいった。城戸高校に入って、仲間たちと出会い、再び志甫の夢は熱くうずきはじめた。

(止まっていた時間が、動き出した)

——それなのに。

パズルは未完成のまま、乾燥者《デシケーター》との戦いのためにピースをはめることができなくなった。

未完成のパズルの最も重要なピースは——たぶん、一兎だ。

志甫のパズルには、彼が必要なのだ。

乾燥者との戦いなんて、悪い夢みたいなもの。

夢は必ず終る。そして目が覚める。

朝になったら、きっとパズルが完成している。

第四章　少女たちの遺言

エゴ・アームズ／[Ego Arms]

口径の大きな中・遠距離戦用<P.V.F>。利己的で現実的な意識から生まれる。

イド・アームズ／[Id Arms]

接近戦用で口径は小さめの<P.V.F>。本能に近い意識から生まれる。

1

乾燥者《デシケーター》、ニトロはハーフだ。父親はインドの裕福な男性で、母親は大阪出身だった。生まれと育ちはインドのデリー。観光のため、家族でフランスのパリに向かう飛行機の中で、テロ事件に巻き込まれて死亡した。旅客機が、テロリストによって爆破《ばくは》されたのだ。両親は、政治ともテロとも無縁《むえん》な人生を送っていたが、過激派、原理主義者たちには関係なかった。爆弾に使われた火薬の主成分がニトログリセリン。だから、彼女はニトロだ。

乾燥者になって二〇年近くが過ぎていたが、ニトロは今でも「人間としての最後の瞬間」のことをよく覚えている。はっきりと、鮮明に、覚えている。それはつまり、これから永遠に忘れないということだ。——他の乾燥者たちと同じように。

爆弾は、旅客機の前部貨物室に仕掛けられていた。スーツケースに擬装《ぎそう》された爆弾だった。まず、そこに直径一メートルほどの穴が開き、あっという間に拡大していった。

機体の前部が千切《ちぎ》れて、残った部分は空中分解しながら墜落《ついらく》。ニトロは「残った部分」にいた。自分が助からないのは、爆発後、すぐにわかった。

落ちていく旅客機の客室は地獄《じごく》だった。誰かが泣《な》き喚《わめ》いて、誰かが意味もなく怒号《どごう》をあげ、誰もが死を目前にして自分を失っていた。

ニトロの父は、愛用の手帳にずっと遺書《いしょ》らしきものを綴《つづ》っていた。血走った目で「まだ死にたくない」とか「神様助けて」とか、狂ったような勢いで乱れた文字を走らせていた。ニトロの母は青ざめた顔で赤ん坊を抱えている。もうすぐ一歳になる、ニトロの弟だ。

——なんだこれは。

ニトロは、理解できなかった。こうしてたくさんの人間が死んで、誰かの利益になるのだろうか？　誰かの目的達成のために、必要な死とでもいうつもりなのか。

「——ひどすぎる」

それが、ニトロが人間としてつぶやいた最後の言葉になった。

「なにぼんやりしてるの、ニトロ」

「ん？　ああ……」

少し昔のことを思い出していたら、隣《となり》にいるヒョウコに話しかけられた。

「ちょっと、自分が死んだ時のこと思い出しとった」

「……そっか。ニトロは爆弾だっけ」

「うん」

「私は、兵士に犯されて捨てられた」

「……うん」

「私たちの戦いは、人類が今までしてきたことのツケが回ってきたみたいだと思わない？」

「『ツケが回る』か……オモロイことというなあ、ヒョウコは」

二人は韓国のソウルで戦っている。乾燥者《デシケーター》の出現によって、韓国軍と北朝鮮軍が共同戦線を展開するという奇跡が起きた。面倒《めんどう》くさいので、今は敵が郊外に集結するのを待っているところだ。大軍になったところを、一気に叩く。多少のリスクはあるが、上手《うま》くいけばこの朝鮮半島戦線の優位を確定的なものにすることができる。

「韓国と北朝鮮がここにきて仲直りか……」と、ニトロは大げさに肩をすくめてみせる。

「人間って昔のことは水に流せるんやなあ。感動モンや」

「私の……いや『私たち』の死だってそうだったじゃない」ヒョウコは冷たい笑みを浮かべて続ける。「誰かがどんな悲惨《ひさん》な死に方をしても、偉い人たちの都合次第で『なかったこと』にされてしまう」

二人ともP・V・Fを展開している。

ニトロのP・V・Fは『キラーインスティンクト・カタパルト』。ニトロの身長の三倍はある巨大な四連装機関砲《よんれんそうきかんほう》。後部には、射撃《しゃげき》を支えるための機械脚がついている。

ヒョウコのP・V・F『Y.C.H.M』。

You can't hurt me.

あなたは私を傷つけることはできない。その頭文字をとってY.C.H.M。巨大ロブスターのようなY.C.H.Mからは数百万という数の極細ワイヤーが伸びている。そのワイヤーの一本一本が生き物のように動く、ゲシュタルト防衛機制《ディフエンス・メカニズム》だ。

在韓米軍のF-16Cと、北朝鮮軍のミグ29が合計八機頭上を通りかかったので、ニトロがキラーインスティンクト・カタパルトで迎撃《げいげき》した。機関砲が吠えて、曳光弾《えいこうだん》が空中に美しい軌跡《きせき》を描き、次々と人類の戦闘機が爆発していく。低空飛行は、いい標的だ。

「楽しいなあ」と、ニトロ。

「うん」ヒョウコは子供のようにうなずく。

「突っ走ろうや」

「うん」

移動のためニトロはP・V・Fを一度片づけた。そしてヒョウコと手をつなぐ。

二人なら、何も怖くない。

どこまでも、敵がいるところに向かって疾走する。

ソウル郊外、ニトロとヒョウコがいる地点に、自走砲の砲弾が雨あられと降ってくる。韓国の三星重工が開発したK9自走砲による攻撃だった。一つの目標に複数の砲弾を同時に当てるTOT射撃だ。乾燥者《デシケーター》たちの内観還元力場《ないかんかんげんりきば》は強力で、反重力を発生させ飛行することすら可能になる。ヒョウコは飛翔し、自走砲の砲弾をY.C.H.Mのゲシュタルト防衛機制で切り裂く。ニトロは、地上に設置したキラーインスティンクト・カタパルトの弾幕で次々と撃ち落としていく。

ニトロとヒョウコを、鋼鉄の大軍が取り囲んだ。

韓国軍のK1A1主力戦車。

在韓米軍のM1A1主力戦車。

北朝鮮軍の旧型T‐62戦車改やT‐72戦車。

それこそ、少女たちの視界を埋め尽くす勢いで、煙幕弾を発射後突撃してくる。作戦も何もあったものではない。とにかく、すべての火力がニトロとヒョウコに集まった。戦車砲はもちろん、重機関銃の弾丸も飛び交い、まるで花火大会だ、とニトロはのんきなことを考えた。

ヒョウコのY.C.H.Mは基本的に防御用だが、こういった乱戦になると攻撃にも使える。リーチはそれほどでもないので、敵の中心に飛び込んでゲシュタルトのワイヤーで切り刻むのだ。ヒョウコが戦車と戦車の間を駆け抜けると、主砲は切断され、装甲は一瞬で砕け散り、中の操縦者たちもバラバラになっている。懐《ふところ》で暴れまわるヒョウコを撃とうとして、韓国軍と北朝鮮軍が同士討ちをはじめた。

「お前らみたいに、上の命令を聞くしか能がない兵隊ばかりだから！　自分の脳で考えることができないグズばかりだから！」

怒鳴《どな》りながら、ヒョウコはさらに激しくY.C.H.Mを振り回した。

「乾燥者になっちゃうような女の子が増えるんだよ！　わからないのか！」

ヒョウコの周囲で、次々と戦車が爆発していく。相手が韓国軍だろうと北朝鮮軍だろうと在韓米軍だろうと、死は平等だ。爆風をトラウマ・シェルと内観還元力場で相殺《そうさい》しつつ、ヒョウコはさらに加速して走る。

人類側三か国の機甲部隊は、戦車の同士討ちを防ぐために歩兵の投入を決断した。装甲車やトラックから無数の兵士が降りて、喚き散らしながら突撃する。アサルトライフルや機関銃はもちろん、RPG‐7対戦車ロケットやSA‐16個人携行地対空ミサイルを装備した兵士もいる。押し寄せる数千、数万の兵士たちに、ニトロが使うキラーインスティンクト・カタパルトの掃射《そうしゃ》がくわえられた。

仁川《インチヨン》近くの黄海上に、韓国軍のクァンゲートデワン級駆逐艦《くちくかん》が停泊していた。主に艦対空ミサイル・シースパロー、対艦攻撃用ミサイル・ハープーンによって地上部隊を援《えん》護《ご》するためだ。最新鋭のセジョンデワン級は、きたるべき乾燥者《デシケーター》との洋上決戦に備えて温存してある。

クァンゲートデワン級駆逐艦に、地上部隊をほぼ壊滅《かいめつ》させたニトロが突っ込んだ。戦闘機のように飛翔し、しかし野鳥のように小回りが利く。

急激に近づいてくるニトロに対して駆逐艦は一二七ミリ単装速射砲と、二基のゴールキーパー三〇ミリＣＩＷＳ《近接防御火器システム》をフル稼働させた。ゴールキーパーＣＩＷＳは、一秒間で七〇発近くの機関砲弾を空中にばらまき、艦を守ろうとする。

「花火大会の続きやな！」

対空射撃をかいくぐって、ニトロはほんの数十メートルという距離まで駆逐艦に接近し、殴りつけるようにキラーインスティンクト・カタパルトの弾丸を撃ち込んでいった。クァンゲートデワン級駆逐艦の装甲に、弾痕の列が走る。次々と大穴が開いて、爆発が広がる。駆逐艦の乗員が炎に包まれて断末魔《だんまつま》の絶叫をあげながら海に飛び込んでいく光景を見ても、ニトロは容赦《ようしゃ》しない。人間に容赦は無用。

「もっと、もっとや！　キラーインスティンクト・カタパルト！　力を見せろや！」

ニトロは飛沫《しぶき》をたてながら水面ギリギリを飛行し、装甲が薄い駆逐艦の側面、喫水線《きっすいせん》より下の部分にも弾丸を叩き込む。

「力や！　すべてを変える乾燥者の力や！」

やがてクァンゲートデワン級駆逐艦は機関部と弾薬庫で大爆発を起こし、半分で折れてゆっくりと沈んでいった。

2

——東京都、新宿副都心。

地上四八階建ての東京都庁第一庁舎の上部は、まるでツインタワーのようなデザインになっている。

そのツインタワーの間に、巨大なクモの巣が張られていた。それはよく見れば本物のクモの巣ではなく、精神力でコーティングされた特殊なワイヤーの束である。

強力な乾燥者——〈センセイ〉がはったものだ。

センセイはショートカットの知的な美女だ。別の多次元宇宙で戦い、そのままの姿でこの世界にやってきた。他の乾燥者たちと違って「オトナ」に見える。

彼女の隣には〈ショウグン〉もいた。東京都庁にはったワイヤーの上に、二人並んで立っている。この都庁にいた職員はすべて殺したあとだ。

ショウグンはプラチナブロンドをセミロングにしている。センセイと同じように別の宇宙で戦っていたが、そこで死亡した。しかし、乾燥者《デシケーター》の魂《たましい》や存在が滅びることはない。ショウグンは、一五世紀、百年戦争中のフランスに人間として生まれ変わった。そこでしばらく人間として生活していたが、魔女の疑《うたが》いをかけられて火あぶりにされて死亡する直前、乾燥者として覚醒《かくせい》。現在は指揮官クラスに復帰している。

「すべて予定通り。少女たちは順調に殲滅戦《せんめつせん》を徹底《てってい》しています」

センセイが言った。彼女のＰ・Ｖ・Ｆは、この宇宙にいるすべての乾燥者とリンクしている。

「徹底、は嘘《うそ》だろう」と、ショウグン。

「——はい？」

「シューリンが動いていない。彼女は比較的オリジナルに近い乾燥者で強大な戦闘能力を秘めているのに、まったく作戦行動に参加していない」

「確かに……それは気になるところですね」

「うぃーす」

と、二人が話しているところに〈センパイ〉がやってきた。

「ちゃんとシューリンを管理できてるのか、お前は」

いきなり、ショウグンが厳しい口調で言った。

「何度も報告したじゃないスか」センパイは鼻白《はなじろ》む。「シューリンは『いい人間たち』と触れ合った。多少のためらいが生じるのも無理のないことで」

「いい人間たち、か……そいつらを皆殺しにすればいいんだな？」

そう言って、ショウグンは「すっ」と目を細めた。さすがに戦ってきた時間が長いだけあって、センパイとは漂《ただよ》う殺気の量が違う。

「まあ、それは……」

センパイは口ごもる。

「シューリンと触れ合った連中――城戸《きど》高校とやらのフライトを殲滅する」

ショウグンはきっぱりと言った。


「……私、あの連中そんなに嫌いじゃないんですけどね」

と、浮かない表情のセンパイ。

「センパイまで人間に情けをかけてどうするんですか」

センセイが呆れたように言った。

「いや、まあ……」と、センパイは曖昧《あいまい》な笑みを浮かべる。「それにしても、センセイに『先輩』と呼ばれるのはなんかくすぐったいですね」

「本当は、乾燥者《デシケーター》に言葉なんて必要ない」と、つまらなさそうにショウグン。「新米の乾燥者たちと意思を疎通《そつう》するのに便利だから、選択した世界に合わせて適当な人間の言葉を借りているに過ぎない。どうでもいいことだ」

「報告によれば」センセイが話を先に進める。「城戸高校にいるパラベラムの数は七人。そのうちの五人がフライトを作っている。シューリンと触れ合ったのは、この五人。戦力的には、センパイひとりでも全員殺せるでしょう」

「センパイ一人だけでは、また情けをかけるかも」

ショウグンがそう言って、センパイは「信用ないなあ」と苦い顔をした。

「ツバメを連れていけ。あの子は容赦がない。無邪気《むじゃき》に人を殺して、まるで乾燥者の見本のようだ。きっと大喜びで城戸高校のパラベラムたちを血祭りにあげるだろう」

3

——志甫《しほ》の家。

志甫、睦美《むつみ》、早苗《さなえ》の三人は、食事の用意を始めた。仲間たちが帰ってきた時に、何か食べるものがあるといいかもしれない、と思ったのだ。不安をごまかすために、志甫は「腹が減っては戦《いくさ》はできぬー♪」とカラ元気を出して適当に歌った。志甫の歌声を聴いて、睦美と早苗が微笑《ほほえ》んでいる。

作っているのは、サンドイッチだ。買っておいた食パンの耳を切り落として、様々な具材を挟んでいく。用意したのは、生ハム、チキン、アボカド、たくさんの野菜。サンドイッチならば疲れていても食べやすいし、なにより手間があまりかからないので単純作業に没頭《ぼっとう》できる。

ぼんやりしていると、暗い方向にばかり考えが進む。

今はとにかく、一兎《いっと》、尾褄《おづま》、勇樹《ゆうき》の顔が見たい。

一刻も早く再合流して、安心したい。

こんな状況になって、志甫は気づいた。

志甫の家族は、殺人事件を切っ掛けにバラバラになってしまった。孤独な夜をやり過ごすために、ゲームやネットに異常なほどのめり込んだ。電気を消した部屋でアイドルのライブDVDを繰り返し繰り返し観賞していたのも、すべては折れそうになる自分の心を守るためだった。

だが、最近はそんな思いを抱えることもすっかり少なくなった。城戸高校映画部のフライトは、志甫にとって新たな家族だった。尾褄はまるで父親のようだし、睦美は優しい姉のよう。性別は違うが、志甫は勇樹を母だと感じることがある。そして、一兎は……佐々木《ささき》一兎は……志甫にとって……。

（なっ、なに考えてるんだあたし……）

一人で勝手に焦り出す志甫。何も考えずに手を動かせあたし、とサンドイッチ作りに集中し直す。

志甫たちは、三人とも城戸高校の制服姿だ。その方が、なんとなく気合が入るように思えた。

「私はずっと、両親のことをバカにしていた」

トマトをカットしながら、不意に睦美が言った。

「……うちの両親は低学歴で、生活もメチャクチャで、何もかもが行き当たりばったりだった」

「…………」

「でもたぶん、一番バカなのは私だったんだ。周囲を見下している人間っていうのは、実は周囲から哀れに思われてる」

そう言って、睦美はトマトの汁で濡《ぬ》れた手を洗った。

その目だけが微かに笑っていた。

不思議《ふしぎ》すぎて、志甫は何度もまばたきをしてしまった。

全国でもトップクラスの成績と知能を誇る睦美がバカだということになると、自動的に志甫はミジンコ以下になってしまうのではないか。そもそも、睦美が言うバカとは、志甫が考えているバカとは違うのだろうか。いくらでも疑問がわいてくるが、答えは出ない。どうして突然、睦美はあんなことを言ったのだろうか？　両親とは会わなかったらしいが、それでも何か思うところがあったのだろうか……。

睦美に何か声をかけようと思って、志甫が口を開けたその時だった。

キッチンの小窓から、少女がこちらを覗《のぞ》きこんでいた。少女と志甫の目が合った。無邪気な瞳には、矛盾《むじゅん》する奇妙な空虚《くうきょ》さが同居している。

「みぃつけた」

と、少女が笑う。

可憐《かれん》な少女だ。フリルのたくさんついた子供っぽいドレスがよく似合《にあ》っている。ただ、問題は——その少女が空中に浮いているということだった。

何者かが、外から志甫の家の二階を吹き飛ばした。巨大な刃で薙《な》ぎ払《はら》ったのだ。一瞬で天井《てんじょう》がなくなって、早苗が腰を抜かして悲鳴をあげた。

志甫の家を破壊したのは、セーラー服のゴーグル少女——センパイだ。

二人の少女が、八メートルほどの空中に浮かびあがる。

「私はセンパイ、そっちはツバメな」

「よろしくー」

「恨《うら》みはないが、死んでもらう」

センパイの口調は芝居《しばい》がかっていた。

今まで、正体不明だったセンパイ。相変わらず彼女には謎《なぞ》が多いが、一つだけはっきりしたことがある。センパイは乾燥者《デシケーター》で、間違いなくパラベラムの敵だ。

センパイがパラベラムを増やし、城戸高校のフライトをそれとなく助けていたのは、ただ単に戦争の準備を整えるためで、善意の行動ではなかった。

「いくぞ、志甫」

睦美は、右腕に自分の〈P・V・F〉を展開した。

光とともに、精神のライフルが形成される。燃料タンクのようなものが付属した、ずんぐりとした太いデザインの銃器――六八口径バーンアウト。

「うん……！」

志甫もP・V・Fを展開。イド・アームズ、五〇口径コルセアだ。イスラエルの拳銃《けんじゅう》デザートイーグルに似た拳銃型のコルセアは、防御メインで戦う時に使用する。

睦美の方が、志甫より攻撃力が上だ。だから、攻守を分担する。パラベラムの二人組――エレメント戦の基本中の基本と言っていい。

センパイの隣にいる少女、ツバメがうぷぷっ、と挑発的《ちょうはつてき》に笑った。

「バッカだー、あの二人。二対二で私たちに勝つつもりでいるよー」

「ほんと、悪いなあ。君らのことは嫌いじゃないんだよ」

と、センパイは浮かない顔で言う。

「やだなあ。やな大人になっちゃったよ。私は子供の頃、大人ってのは『仕方ない』を乱発するくだらない生き物だと思ってた。

——仕方ないって言って、色々なことを妥協《だきょう》して、いずれその妥協が自分の首をしめるとも知らず、どんどん自分を小さくしながら生きていく。そんな大人にだけはなりたくなかった」

「青いなあ。センパイ」と、ツバメ。

「でも結局、私は一番嫌いな言葉を使ってしまう。

——『やりたくないけど、仕方ないんだ』」


睦美がバーンアウトを発砲した。通常弾よりも強力な、六八口径コンフリクト・ダムダム弾のフルオート連射だ。睦美が今までにためこんできた「葛藤《かっとう》」が詰まったダムダム弾は、敵に命中すると破裂《はれつ》してズタズタに引《ひ》き裂《さ》く。一瞬で六〇発の弾倉が空になるが、センパイとツバメはびくともしない。跳ね返されたのだ。

乾燥者《デシケーター》たちは、自分のP・V・Fエゴ・アームズを装備しつつ、強力なトラウマ・シエルを展開することができる。普通のパラベラムには真似《まね》できない芸当だ。

まずい、と睦美は顔を歪《ゆが》めた。やはり戦力差は歴然としている。乾燥者の強固なトラウマ・シェルを打ち破るには、数人のパラベラムで同時攻撃を行う必要があるだろう。今、ここにいるのは睦美と志甫の二人だけ。しかも、早苗を守りながら戦うという条件付きでもある。

（だが、まだチャンスがないわけではない……！）

条件は決して良くないが、睦美はもちろん勝つつもりだ。機動力でも乾燥者に負けているので、逃げるという選択肢はありえない。こちらが相手にダメージを与える方法は二つある、と睦美は考える。

一つ、乾燥者がこちらを攻撃してきた瞬間を狙う。そこには必ず隙《すき》がある。

二つ、スペシャル・ショットを使う。睦美のバーンアウトのS・Sなら、トラウマ・シェルを無視できる。一気に二人、焼き尽くすことができるかもしれない。

睦美が弾倉を交換しているところに、センパイがP・V・Fのバヨネットを振り下ろしてきた。すると志甫が前に出て、睦美を守るためにトラウマ・シェルを展開する。志甫は現在イド・アームズなので、折り重なったシェルの装甲《そうこう》はかなり分厚い。

「睦美さん！」

志甫のトラウマ・シェルに、センパイのバヨネットがめりこんだ。パラベラムの想像をはるかに超える一撃で、志甫が吹き飛ばされる。トラウマ・シェルが砕け散ることはなかったが、衝撃《しょうげき》に耐えられなかったのだ。

吹き飛んだ志甫の体が、キッチンの壁《かべ》に激突した。内観還元力場で守られた志甫の体は壁を貫通し、リビングを転がってソファにぶつかってようやく止まる。志甫の小さな口から「かは」とうめき声が漏《も》れる。

エレメントの「僚機《りょうき》」を引きはがされた睦美を狙って、ツバメがP・V・Fの狙いを定めた。

「アンセム・ハニカム！」

蜂の巣状のP・V・F、アンセム・ハニカムの攻撃。びっしりと並んだ発射口から、数百発という精神系誘導ミサイルが撃ち放たれる。

エゴ・アームズを元に戻し、トラウマ・シェルを展開している時間はない。睦美は数メートルの大ジャンプで、壁を飛び越えて外に出た。屋根は、そういえばセンパイの攻撃によってなくなっていた。

精神系誘導ミサイルは外まで追ってきたが、睦美は近くの建物の壁を蹴《け》って屋上《おくじょう》に駆け上がり、別の建物に飛び移り、動きまわってなんとか全弾回避《かいひ》に成功した。

ツバメは「くそっ、ネズミみたいに！」と悔《くや》しそうに言って、次の攻撃の準備に移る。

これをチャンスと見て、睦美はジャンプで一気にツバメに肉薄した。

「なっ！」

次弾準備中に、しかも超至近距離から攻撃をくわえれば、さすがの乾燥者《デシケーター》も防ぎようがないはず――。そう考えて、睦美はバーンアウトの銃口をツバメに突き付ける。

銃声が響いて、悲鳴があがった。

落下したのは、ツバメ――ではなく、睦美だった。

バーンアウトを発砲する直前、センパイが放った弾丸が睦美の右足を撃ち抜いたのだ。

「くうッ！」

睦美は、みんなで一生懸命《いっしょうけんめい》作ったサンドイッチの皿の上に落ちた。パンと具材にまみれて、皿はもちろんテーブルまで割れた。

「ほんと――」

動きが止まった睦美に、センパイが襲《おそ》いかかる。

「悪いね！」

長い光のバヨネットで、斬りつける。

――ああ、終った。

睦美は、自分の死を覚悟した。このタイミングでは、まず避《よ》けられない。

縦に真っ二つにされる。

死を目前にして、睦美はようやく正解を思いつく。

乾燥者と、たった二人で戦うべきではなかった。

自分が囮《おとり》になって、志甫たちを逃がす――。

それしかなかった。自分一人が死ねばよかったのだ。

時間をゆっくりに感じるのに、体は動かない。一子《いちこ》に会いたい。

「睦美！」

名前を呼ばれた。早苗だった。

どん、と強い力が睦美を突き飛ばした。体が横に転がった。そのおかげで、センパイの刃は睦美に当たらなかった。

かわりに——睦美を突き飛ばした、早苗が斬られた。

「早苗！」

精神を斬るバヨネットが、早苗を縦に切り裂いた。普通の刃とは違うので、血が飛び散り、傷が開くようなことはなかった。ただ、糸が切れた操り人形のように、早苗の体から力が抜けた。目から命の光が消えていた。神経系を一気に破壊されて——即死だった。

＊

睦美は、早苗を万引き犯から助けたことがある。

その時、早苗は「やっぱり、私、あなたのことが好きかも」と言った。

睦美は動揺《どうよう》した。顔を真っ赤にして、早苗から目をそらした。

「……お前、変わってるな」と、睦美は言った。

「あなたほどじゃないと思う」早苗はすかさず言い返してきた。

早苗は、那須《なす》一子のことが嫌いだった。本人がそう言っていたのだから、間違いない。

「私は、那須一子が嫌いだった。あの頃、あなたはどんどん荒《すさ》んでいった。あの人の引力に引き寄せられるみたいに。あの人は、まるでブラックホールだった」

嫉妬《しっと》していたのだろうか。あの強気な早苗が。

早苗と二人で、演劇部の『鹿鳴館《ろくめいかん》』を手伝った。その演目には、キスシーンがあった。

ずっと一子のことを考えながら、睦美は早苗とキスをした。

*

睦美を守るために、早苗が殺された。

こんなに、あっさり。

とても大事な――人だったのに。

まるで、虫でも叩くみたいに。

殺したセンパイは笑顔だった。

「間違った、ごめん」と、手を振って軽く謝《あやま》る。「でも、まあ仕方ないよね。どうせ人間は最終的には皆殺しにしちゃうんだし」

漫画や映画だったら、大事な人間が死ぬ時はたいてい最後の会話シーンが入る。死体を抱いて、泣いて彼女の名を叫んで、悲しみにくれる時間がある。どんな凶悪な敵も、その間は黙って見守ってくれる。そんなシーン。

睦美が早苗の死体を抱えようとしたら、再びツバメが大量の精神系誘導ミサイルを撃ってきた。本気でこちらを殺す気になった乾燥者《デシケーター》は、悲しむ時間も与えてくれない。睦美は、バーンアウトの弾丸をばらまいた。弾幕をはって、ミサイルを撃ち落とす。弾幕を抜けてきたミサイルはほんの数発。あとはジャンプでかわすことができる。

ツバメの攻撃をしのいだ睦美に、センパイがライフルを照準した。バヨネットの攻撃ばかりが目立っていたが、銃器としての性能も侮《あなど》れない彼女のP・V・Fだ。これは食らうしかないか、と睦美が歯を食いしばると、ようやく起き上がってきた志甫のトラウマ・シェルが間に合った。センパイのバヨネットをシェルで防ぐのは難しかったが、ライフル弾は完全に防ぐことに成功した。

「すみません、睦美さん!」

「そのまま守りを頼む!　志甫!」

「はい!」

「焼き尽くせッ！　バーンアウト！」

睦美は、スペシャル・ショットを選択した。バーンアウトは軽く変形。燃料タンク部分が機関部と連結して、精神の火炎放射器となる。

「うおおおッ！」と、絶叫する睦美。

銃口から、精神を焼き尽くす浄化の炎が溢れる。

睦美の腕が竜の口となり、炎の息《ドラゴンブレス》のように吐き出す。伊集院《いじゅういん》睦美の、怒りの咆哮《ほうこう》。

「ダメだぜ、睦美さん」

センパイが冷たく言った。

次の瞬間、バーンアウトの青い炎が逆流した。

「……ぐッ！」

「敵の精神を燃やし尽くすタイプのスペシャル・ショットらしいけど……」と、センパイは無表情で続ける。「自分を焼き尽くすリスクのある攻撃は、そんなテンションで使っちゃダメでしょう。大事な人が殺された時こそ、落ち着いて、冷静にいかなきゃ。今は、まったくコントロールできてないんじゃない？」

睦美のP・V・F、バーンアウトが火を噴いた。装甲が割れて、凄まじい勢いで蒸気《じょうき》のようなものが漏れだす。睦美は眉を吊り上げ、「私の言うことを聞け！　バーンアウト！」と怒声《どせい》をはりあげている。

「P・V・Fを消して！　睦美さん！」

そう叫んで志甫は泣きだした。

「ダメだ！　あいつらを絶対に許さない！　ぶっ殺してやる！」

睦美は、志甫の言葉に耳を貸さない。精神の炎で自分を焼いているのに、それでも乾燥者《デシケーター》と戦おうとしている。

「バカ！　無理だよ、もう！」

志甫は、イド・アームズのコルセアで睦美を撃った。もちろん、頭は狙わなかった。睦美の右手を撃ち、P・V・Fを撃ち、最後にグリップの部分で後頭部を殴って気絶させた。放っておいたら、睦美は確実に死んでいただろう。志甫は涙が止まらなくなっていた。助けるためとはいえ、仲間を撃って楽しいわけがない。

志甫も必死だった。流れる涙も拭《ふ》かずにイド・アームズのコルセアを片づけて、エゴ・アームズ――六八口径ブリリアント・カタルシスを展開した。騎士のランスを思わせる長大で優美なデザインの中《ちゅう》・遠距離戦闘型《えんきょりせんとうがた》ライフル。

――逃げなければいけない。

志甫は、ブリリアント・カタルシスの弾丸を適当にばらまいた。敵が弾丸を防いでいるうちに、意識を失った睦美を抱える。エゴ・アームズを展開したことによって、志甫の身体能力は大幅に向上《こうじょう》している。睦美を脇に抱えて、飛び上がる。

「逃がさないって！」

ツバメが追ってきた。アンセム・ハニカムはまだ次弾装塡《そうてん》が終っていなかったので、P・V・Fで直接殴りつけた。空中で顔面を殴られて、志甫は睦美から手を離してしまう。近所の民家の隙間に睦美が落ちていく。

「ちっくしょ……！」

志甫は苦々しくつぶやく。

必ず睦美を助ける。だが、その前に自分をなんとかしなければいけない。

（いちかばちか！）

志甫は、賭《か》けに出ることにした。ブリリアント・カタルシスのスペシャル・ショットを使う。

その効果は、他人の意識への潜航《サイコダイブ》。自分の意識を一つの弾丸として再構成し他人の精神・神経系に侵入することができる。対象の自我、無意識といった場所に踏み込み、自分の好きなように操作するのだ。

なんとか、スペシャル・ショットで乾燥者を一人仕留《しと》めることができれば万歳三唱。ダメージを与えることができれば、それだけでもいい。

他人に潜航している間、志甫はまったくの無防備になってしまうので、誰かに「本体」

を守ってもらう必要がある。今日は、守ってくれる人間は誰もいない。スペシャル・ショット発射後、志甫は残った乾燥者《デシケーター》に殺されるだろう。

そのかわり、時間は稼《かせ》げる。

自分が死んでも、一兎や尾棲が間に合えば睦美は助かる可能性が出てくる。

もちろん志甫だって——死にたくはない。やりたいことがたくさんある。

一兎に、まだ何も伝えていない。

一兎に会いたい。もっと一兎と一緒にいたい。一兎と色々な話をしたい。

それでも、今は命をかけて戦うしかない。

このままいけば、二人ともやられてしまうのだ。睦美が殺される光景を見る前に、たとえ危険でもベストを尽くしておきたい。

志甫が、スペシャル・ショットの弾丸を放った。

一個の弾丸となった志甫の意識が、乾燥者——ツバメに命中する。

「今度は、サイコダイブ型のスペシャル・ショットか！」

センパイが志甫に憐《あわ》れむような視線を向ける。

「乾燥者の記憶や精神の構造は、人間とは比べ物にならないほど膨大《ぼうだい》で複雑なんだ。いくら優秀なパラベラムでも、簡単にダイブできるもんじゃないよ」

ツバメに潜《もぐ》り込《こ》む志甫。

人間の意識は海に似ているが、乾燥者の意識はまるでブラックホールだった。真っ黒い重力場のようなものが渦巻いていて、身動きが取れない。意志、意識、記憶が膨大すぎて、底が見えない。こんな意識は見たことがない。潜ることができない。ただ、暗黒の穴に落ちていくだけ。そこは生ぬるい地獄だ。

——ダメだ！

センパイの言った通りになった。スペシャル・ショットが無効化されて、志甫の意識が自分の体に戻る。反動で、志甫はめまいを覚える。ブリリアント・カタルシスの力は乾燥者には通じない。万策尽きた。

あとは——殺されるだけだ。

4

「ザンネン——」

ツバメが、スペシャル・ショットの失敗でふらつく志甫の右足首をつかんだ。

「でしたッ！」

見た目は少女でも、乾燥者はパラベラム以上の化け物だ。

凄《すさ》まじい力で振り回されて、それから志甫は投げ捨てられた。志甫の体が、数十メートル先に建っていたマンションの八階に激突。勢いがついているので、コンクリートの壁を破って見知らぬ部屋に突っ込む。

「パラベラムだかなんだか知らないけどさ……！」

ツバメはさらに志甫を追いかける。

少女の目が、戦闘の興奮《こうふん》——弱者をいたぶる興奮で血走っている。

「この宇宙の、この世界の、この二一世紀の人類は、ちょっと弱すぎるよ！」

ツバメが、志甫の腹を思い切り蹴った。また、志甫は吹き飛ばされた。突き破った壁の反対側の窓から飛び出して、落ちていく。

ところが、落ちていく先にセンパイが待ち構えていた。

「ワリィ」

と言って、センパイは落下中の志甫に空中で回し蹴りを叩きこむ。

強打者のバットで打たれた野球のボールのように放物線を描く、志甫の体。別の高層マンションの屋上に落下して、硬いコンクリートで全身を強打する。蹴り回されているうちに、志甫の意識がぼんやりしてくる。

空を自由に飛び回るセンパイとツバメに追い詰められる。

志甫は必死に立ちあがって、逃げる。

ツバメが、真後ろに迫ってきた。志甫はブリリアント・カタルシスの通常弾をばらまく。スペシャル・ショットの失敗で精神面が限界近いので、残弾にも余裕はないが、そんなことを言っている場合ではない。

志甫はこみあげてくる吐き気に耐えながら撃ちまくったのに、ツバメは高速移動であっさりと弾丸を躱《かわ》し、接近してきた。

また、ツバメに足首をつかまれた。

ツバメは大笑いしながら志甫を振り回す。

そのままマンションの屋上から飛び降りて、志甫を電光輝く巨大な看板《かんばん》に叩きつける。火花が散り、志甫の制服も焦《こ》げて、ほとんどぼろ雑巾だ。

これで満足するツバメではない。飛行しつつ、今度は志甫をビルの角の尖《とが》ったところに一撃。コンクリートが砕けて、志甫の口から血が溢れる。いくら内観還元力場があるとはいえ、もはや気絶寸前だ。

最後に、ツバメは志甫を真上にぶん投げた。

数十メートルの高さに投げられて、志甫は身動きが取れない。

「ああ……」

やがて、重力の計算式に従ってゆっくりと落下が始まる。

（アイドルになりたかったなあ……）

もうろうとする意識の中、志甫はそんなことを考えた。

子供っぽい夢だといわれても、心の底からやりたいことだから。

でも、芸能事務所とかに入ったら、もう一兎に告白とかはできなかったのかな。


投げ上げられて落ちてくる無防備な志甫に、ツバメがアンセム・ハニカムを向けた。

全発射口、精神系誘導ミサイル装填《そうてん》完了。これで終りだ。

「――ん？」

発砲する直前、ツバメとセンパイは妙な気配を感じ取って眉をひそめた。

「なんだ、この感覚。あまり味わったことがない」

「新しいパラベラム？」

ビルの屋上で助走をつけて、跳び上がり、また別のビルの屋上へ。そんな大きなジャンプを繰り返して、佐々木一兎が急激に接近してくる。彼の右腕には、巨大で、異様な精神波のオーラを放つ新しいＰ・Ｖ・Ｆが装着《そうちゃく》されている。

「佐々木一兎か？」

センパイは驚きを隠せない。

「いつの間にあんないいオモチャを？」

一兎は、走る。

母、そして姉との話が長くなってしまった。その間に、まさかこんなことになってしまっているとは……！

（くそ！　睦美さんの姿が見当たらない！）

睦美のことが心配だ。

しかしそれよりも、今一番危ないのは志甫だ。

志甫が落ちていく。そこに攻撃がくわえられようとしている。志甫は、遠目にもぐったりとしていて、回避行動はとれそうにない。

乾燥者《デシケーター》たちに、志甫が殺される。

センパイのことは、味方だと思っていたのに。

「ふん！　もう間に合わないって！」

ツバメが精神系誘導ミサイルを全弾発射した。

一兎はさらに速度を上げていく。力を込めてビルを蹴り、ジャンプし、コンクリートを削《けず》るようにして壁の側面を駆け抜けて――パラベラムの全力で、疾走する。

空気の抵抗を受けて、志甫のボロボロになった制服や髪《かみ》の毛《け》がバサバサと音を立ててひるがえる。そんな志甫に、大量のミサイルが向かっていく。

おおおッ、と叫びながら、一兎は高層マンションの中程に突っ込んだ。窓はもちろん、壁も突き破り、最短距離で志甫のもとへ。

——志甫、志甫、志甫！

一兎は、自分でも信じられないような速度で走っている。

バイクや自動車など問題にならない。その速度は、航空機に近い。あまりの速度に、自分の体がバラバラになりそうだ。骨が、筋肉が、悲鳴をあげている。

——それでも、間に合わない！

「志甫ォオオオッ！」

一兎は、全身全霊の力でジャンプした。

砲弾のような勢いで志甫に向かっていく。

距離がどんどん縮《ちぢ》まっていく。

大量のミサイルを追い越して、志甫の間近に迫る一兎。

（いけるか、いけるか——!?）

しかし——、
最後の最後で、もう一伸び足りない。

ジャンプが早すぎた。

一兎は手を伸ばす、志甫まであと数メートル。

届かない。

たった数メートルの距離に、絶望がある。

このままでは、目の前で志甫が殺される。

そんなことになったら、もう一兎は立ち直れない。

――他に助ける方法はないか？

ミサイルの数が多すぎる。すべて撃墜《げきつい》するのは不可能だ。

一度着地して改めてジャンプすれば、志甫に届くだろう。だが、その間に彼女は木端《こっぱ》微塵《みじん》になっている。ダメだ。何もいい手が思いつかない！　こんな短い時間で、まともに頭が働くはずがない！

「ぐうッ……！」

一兎は獣のように低くうめく。

その時だった。


「……ッ！」

一兎は、足下に何かを感じた。

そこに、足場があるような気がしたのだ。

もちろん、一兎は空中にいて、足下には何もない。空気があるだけだ。それなのに、空中で踏ん張ることができる。

これはなんなんだ、と怪訝《けげん》に思うが、今は疑問を解くより志甫を助ける方が先だ。見えない足場を使って、一兎は空中でもう一度ジャンプ。最後の一伸びで、一兎はとうとう志甫を抱き締めた。

新しいテクニック——空中での加速と、方向転換。それを使って、一兎はツバメが放った大量のミサイルを回避した。志甫を抱いたまま空中で回転し、激しく上下に動き、ギリギリのところでやり過ごしたのだ。

「まるで乾燥者《デシケーター》みたいだな、お前」

センパイが楽しそうに言った。

「なに……？」

「今、ジャンプではなく、空を『飛んだ』んだよ」

「飛んだ……？」

「ああ。その、見えない足場を蹴るような感じ。そこから訓練を積んでいくと、私やツバメみたいに戦闘機とも戦えるようになる」

「…………」

「佐々木一兎。お前、本当に人間なのか？」

「……む！」

怪訝な顔つきのセンパイに、地上から機関砲弾が浴びせられた。

いつの間にか、地上に装甲車と高射砲の部隊が展開していた。それらの兵器群の先頭に立っているのは、右の目尻に泣きぼくろがある女性自衛官のパラベラムだ。髪が長く、しかもそれをシルバーグレイに染めているので、自衛隊の制服があまり似合《にあ》っていない。どうやら彼女は左利きらしく、P・V・Fを左腕に装着している。ドリル・バヨネットがついた凶悪なショットガンだ。

その女性自衛官は、P・V・Fを装着していない右手に伊集院睦美を抱えていた。ずっと意識を失っていたらしい睦美が、瞼《まぶた》を重そうにゆっくりと開ける。よかった。乾燥者に殺されていなくて本当によかった。

「睦美さん！」

そう叫んだ一兎の胸の中で、志甫も目を覚ます。

「一兎……」

「よかった……！　志甫！」

睦美を抱えた女性自衛官の隣に着地する。

「ありゃあ、へいたいさんだ」と、ツバメ。

「対乾燥者専門の部隊に、新たな力を手に入れた佐々木一兎、か……」センパイは唇《くちびる》の片側だけを歪めて、苦い笑いを浮かべて続ける。「やってやれないわけじゃないだろうが、他の連中はともかく、一兎と戦うのはもっと後回しにしたいな……」

「えー、ひいちゃうの？」

「ここは一時、な」

機関砲弾をトラウマ・シェルで防ぎつつ、「ぶー」と頰《ほお》を膨《ふく》らませるツバメを連れて、センパイは急激に高度をあげて飛び去っていく。

「助けに来てくれたんだ……一兎」

志甫が、ボロボロと泣いていた。

「ごめんね……こんな風に一兎に助けてもらうのって何度目だろう……」

「そんなこと気にするな。仲間だろ。それより……遅れてすまなかった」

「早苗さんが……殺されちゃったよ……乾燥者《デシケーター》に……」

「――え」

とうとう、身近な人間から犠牲者《ぎせいしゃ》が出てしまった。一兎は、早苗とはそれほど親しくなかったが、それでもショックを受けた。誰かが、人間が、理《り》不尽《ふじん》に命を奪われるということが、納得《なっとく》できるはずがなかった。死んでしまうと、その人間は二度と誰かと話したり、何かを食べたり、笑ったり泣いたりできなくなる。当たり前の話だが、それは恐ろしいことだ。その恐怖にうなじのあたりを撫《な》でられて、一兎の膝《ひざ》が微かに震えた。

「よかった、みなさん無事のようで」

と、女性自衛官が声をかけてきた。

「全員が無事なわけじゃない……」

一兎は苦々しく答えた。今は、ここにいない尾褄と勇樹の無事を祈るばかりだ。短期間でこれ以上犠牲が出たら、とても耐えられない。

「あ……それは失礼しました」

「あなたたちは、いったい……？」

「自衛隊です。私は自衛官のパラベラム」

女性自衛官は、鋭く敬礼する。

「城戸高校のフライトを勧誘《かんゆう》に参上しました」

第五章　それぞれの選択

フライト／[Flight]

〈パラベラム〉の戦闘集団。
城戸高校映画部も、〈灰色領域〉もそのひとつである。

1

尾褄《おづま》と勇樹《ゆうき》も志甫《しほ》の家に戻ってきたが、二人の表情は沈んでいた。勇樹の目は、泣《な》き腫《は》らして赤く充血《じゆうけつ》していた。尾褄が、短く「勇樹の家族が殺された」と告げた。この状況だ。それだけで十分伝わってきた。

志甫の家は、もう無茶苦茶だ。「仕方ないね」と、志甫が弱々しく笑って、ここは捨てることになった。全員で、城戸《きど》高校に拠点《きよてん》を移すことにする。

移動中一兎《いっと》たちが見た街の風景は、どこも死体と瓦礫《がれき》で満ち満ちていた。見慣れた風景が、戦争の色で塗《ぬ》りかえられていた。しかし、城戸高校は無傷だった。たまたま乾燥者《デシケーター》の攻撃対象にならず、流れ弾も一発も当たらなかったのだ。一兎には、まるで城戸高校が故郷のように思えた。この城戸高校がある限り、まだまだ俺たちは大丈夫な気がする

——一兎は、胸の内でそうつぶやいた。

勇樹も睦美《むつみ》も身近な人間を殺されて、深く傷ついていたが、それでも手は動かさない

といけない。とりあえず勇樹は、志甫と睦美のＰ・Ｖ・Ｆを分解し、精神系・神経系に応急手当を施《ほどこ》した。その作業中、勇樹は一言もしゃべらず、表情も虚《うつ》ろだった。治療《ちりょう》を受けている睦美は対照的に、怒りと焦《あせ》りで双眸《そうぼう》を獣のようにギラつかせている。

そのまま、睦美と志甫を保健室で少し休ませた。乾燥者の襲撃《しゅうげき》以降、学校は無人なので勝手に使い放題《ほうだい》だ。一時間ほどで、志甫と睦美は日常生活には支障が出ない程度にまで回復した。

助けてくれた女性自衛官が「話がしたい」というので、広めの教室に場所を移した。

女性自衛官は風神多喜子《かざがみたきこ》と名乗る。

一兎、志甫、尾褄、勇樹、睦美――城戸高校映画部のフライトは、それぞれ机の上に直接腰かけた。風神は、ごく自然に教壇《きょうだん》に立った。教師ではなく、自衛官がそこにいても、今の状況だと違和感《いわかん》はない。

「いよいよ、乾燥者の攻撃が本格化してきました」

と、風神が切り出す。

「自衛隊は今まで何をやってたんだ！」

いきなり、尾褄が声を荒らげた。

「俺たちのことをつかんでいたなら、もっと早く勧誘にくることもできたろう！」

「もちろん、こちらもそうしたかったんです……」

風神は深々と頭を下げた。

「しかし、乾燥者《デシケーター》の攻撃が始まる前に、頭の固い上層部を説得することはほぼ不可能でした。パラベラムの能力が軍事に応用できるのは誰でもすぐに理解できましたが、乾燥者の脅威《きょうい》といっても普通の人間がすぐに信じるのは難しいので」

「だから、対応が遅れた」と、苛立《いらだ》った声で睦美。

「はい、民間に後《おく》れをとることに」

「民間——灰色領域《グレイゾーン》か」一兎はピンときた。

風神はうなずき、

「そうです。灰色領域の背後には、秘密結社メルキゼデクが。メルキゼデクは、早い段階から選択戦争の危機に備《そな》えていた。だが、彼らは独自路線を徹底的《てっていてき》に貫いていて、動きの鈍《にぶ》い各国政府と連携《れんけい》をとろうとはしなかった」

「そんな偉《えら》い人たちの事情なんかどうでもいいんだ……！」いつも温和だった勇樹が、怒りに満ちた目で言った。「とにかく、人類を守るはずの政府や軍隊は、まとまりきれずにゴタゴタしていた。そして、なすすべもなく乾燥者に人が殺されてる。そういうことでしょう」

「……申し訳ありません」

風神がまた頭を下げた。心がこもっていないようには見えないが、彼女が謝《あやま》っても殺された人間たちは戻ってこない。

「しかし」

と、風神は頭をあげて続ける。

「これから人類側の反撃が始まるのです。事実、我々陸上自衛隊は、すでに乾燥者を数人撃破しています」

「——乾燥者を⁉　自衛隊が？」

一兎は驚《おどろ》きの声をあげた。他の部員たちも同様に目を丸くしていた。

「嘘《うそ》ではありませんよ。その時の記念品です」

そう言って、風神は制服のポケットから小さな瓶《びん》を取り出した。その中には、光を当てると輝く白っぽい砂が詰まっている。一兎は、その独特の質感を持つ砂に見覚えがあった。四神美玖《しかみみく》が体が少しずつ石化していく病におかされていた時、包帯《ほうたい》の隙間《すきま》からこぼれ落ちていた、あの砂だ。

「彼女らは、自分の肉体が維持できなくなると光の粒子とともに砂になります。この瓶に詰まっているのは、いうなれば『乾燥者の死体』です」

「ニセモノじゃ、なさそうです」

一兎は風神の言葉につけくわえるように言った。

「一兎がそう言うんなら、間違いないな」と、尾褄。

「今、自衛隊にはパラベラムを中心とした対乾燥者《デシケーター》の部隊が存在します。少数精鋭で、機動力があり、優秀なパラベラムがそろっている。その部隊に、あなたたちも参加してほしい」

「戦争……兵士になるってこと？」

そう言った志甫が、戸惑《とまど》いで瞳を揺らした。

「そういうことです。でも、軍服を着る必要はありませんよ。ただ戦闘の時に協力してもらえるなら、他の行動に制限をつけたりはしません。たとえば、正式に入隊しろとか、自衛隊の駐屯地《ちゆうとんち》に寝泊まりしろとか、そういうことは一切ないと約束します。もちろん、日本国政府から正式に給料、報酬《ほうしゆう》も支払います」


教室がしん、となった。

一兎と志甫は、アイコンタクトで不安を伝えあった。やはり、高校生の前にいきなり自衛隊とともに戦うという選択肢が出てきても、すぐに決断するのは難しい。一兎は深くうなだれて、小さくため息をつく。一言で表現すれば、引き返せない場所に踏み込むようで、怖かったのだ。乾燥者との戦いは恐ろしい。だからと言って、軍隊が安心して身を置ける場所とは思えない。風神は耳ざわりのいい言葉ばかりを並べているが、いざ政府組織（しかも軍隊）の一員に組み込まれてしまえば、きれいごとだけではすまないはずだ。

一兎の頭の中で不安や疑念が渦を巻く。重苦しい静寂の時間が流れる。

そんな静寂を破ったのは──、

「やります」

という、勇樹の冷たい声だった。

「乾燥者に、家族を殺されました……このままでは、気がすみません」

「じゃあ、俺もいく」

すかさず、尾棲が手をあげて言った。「尾棲！」と、勇樹が驚きと嬉《うれ》しさとが入り混じった複雑な声をあげる。

「乾燥者の攻撃が始まって気づいたよ。俺は驚くほど空っぽの人間だった。そんな俺に今できるのは、勇樹を助けることだけだ」

急に事態が進み始めて、一兎は戸惑うばかりだ。最初に決断するのが勇樹というのが意外だったし、尾棲の言葉にもどきりとさせられた。「ちょっと待ってください」という言葉が喉《のど》まででかかったが、一兎は結局それをのみこんだ。一兎に、二人を止める理由はない。勇樹が、軽い気持ちで決断したわけがないのだ。

「他のみなさんは……？」

風神が一兎、志甫、睦美の順に視線を送ってきた。

「あたしは……まだ、よくわからないんだ」志甫が、悲しげに首を横に振った。「上手《うま》く言えないけど、軍隊と一緒に戦うことに抵抗がある」

一兎には、志甫の気持ちが理解できた。

しかし睦美は「私は、自衛隊とともに戦うこと自体は反対じゃない」と強い口調で言った。さらに彼女は風神に向き直って「乾燥者《デシケーター》を殺したい。そのためには、当然組織の力を借りるのが一番だろう。だが、少し時間がほしい」と言葉をつなぐ。

「考える時間、ということですか」

「会っておきたい人間がいるので……返事はそのあとで」

ああ、那須一子《なすいちこ》のことだ——一兎は直感した。

睦美が早速教室から出ていこうとしたので、志甫が前に立ちふさがった。

「単独行動はよくないですよ！　さっきみたいに、いつ乾燥者に狙われるか」

「いいんだよ。一人なら、逆に逃げやすい。大丈夫、無理はしない」

「でも、私たちはやられたばっかりで、まだ万全の状態じゃ……」

「うるさい！」

睦美が怒声《どせい》をはりあげた。

睦美がもろい一面、感情的な一面を周囲に見せることは今までもたまにあったが、こんなに怒りをあらわにするのは恐らくこれが初めてだったろう。

「私の好きなようにさせろ！　黙れ！」

睦美は志甫を突き飛ばし、外に出ていく。勇樹と尾褄は、何かを諦《あきら》めたように動かない。一兎は、驚きと戸惑いのあまり何も言えない。

「そんな……」

睦美の怒りを正面から浴びてしまった志甫は、うつむいて下唇《したくちびる》を噛《か》み、両手の拳《こぶし》を固く握りしめていた。

2

睦美は都内のマンションで一人暮らしをしていた。猫を飼っていたので、一人と一匹。そこに睦美の頼みで叔母《おば》が引き取った里香《りか》がくわわって、ちょっとした家族ができあがった。部屋に戻ると、すでに誰もいない。猫――血統書つきのノルウェージャン・フォレストキャットであるメスのニコラ・テスラもいない。危険を避《さ》けるために、叔母が里香とともに連れていった。

睦美の両親はどちらも同性愛者で、偽装結婚で、低学歴で――大嫌いだった。両親のことは嫌いなのに、睦美自身もレズビアンとなり、どんどん母親に似てくる自分が気持ち悪かった。同性愛者であることは別に気持ち悪いことではない。睦美が許せなかったのは、偽装結婚という世間体を気にした妥協《だきよう》だ。睦美がそう言ったら、両親は「それはあなたが子供だからよ」とさとしてきた。

「大人ぶって偉そうにしているくせに、生活保護なんかもらって暮らしやがって！」

睦美がそう怒《ど》鳴《な》ると、母親に拳で殴《なぐ》られた。

あんな両親のような人生は歩みたくない――そう思って、必死に勉強して、今の睦美の高い学力の基礎ができあがった。両親は両親で、睦美のことを精神異常者だと思っていた。一人暮らしの生活費を稼《かせ》ぐために、睦美は夜の店での違法なアルバイトをためわなかったからだ。一子と別れてからは、荒《すさ》みきって学生デリヘルで働いていた。

売春をやっていたころの客に人気女優がいたことを急に思い出して、睦美はなんだか懐《なつ》かしくなった。もう大昔のことのようだ。「商売抜きで、私の恋人にならない？」と言ってくれた彼女は、今もちゃんと生きているだろうか？

睦美は自分の部屋に入った。苛立っているので、床に散らばっていたゲームソフトを乱暴に蹴《け》った。本棚には、海外ミステリーや科学雑誌、五百枚を超える映画のＤＶＤが詰っているが、こんな状況では何もかも虚《むな》しく感じる。

ベッドの上に、膝《ひざ》を抱えて座る睦美。

ここで――那須一子が自分を見つけてくれるのを、待つ。

彼女が、自分を捜しているという保証はない。人を裏切《うらぎ》るのが大好きな一子だ。会えたとしても、ちゃんと話ができるかどうかはわからない。

それでも、とにかく、一子に会いたい。

一子はこの家の住所を知っている。この家に何度も来たことがある。だから、来てくれるかもしれない――短絡《たんらく》というか偶然に頼った考えだが、こちらから一子を捜す手段がない以上、他に選択肢はなかった。

いったいどれほどの時間が過ぎたのか――。ベッドの上にいると、里香のことばかり思い出してしまう。

朝、ベッドでだらけていると、里香が起こしに来てくれるのだ。

「起きてよ、むつみー」と言いながら、栗鼠《りす》を思わせるくりくりとした瞳で睦美を覗き込んでくる。あのとき、確実に睦美は小さな幸せを感じていた。キッチンから漂《ただよ》ってくる、里香が作ってくれた朝食の香りに癒《いや》されていた。

もっと幼かったころの睦美は、きっと里香のように素直で、両親とも上手くやっていたのかもしれない。そんな昔のことは、覚えていないが。

（やっぱり私は、いつも誰かに助けられているんだな……）

やがて、玄関《げんかん》のドアを開ける音がして、誰かが入ってくる足音が続いた。その足音に、靴《くつ》を脱ぐ気配はなかった。土足のまま歩いて近づいてくる。

「一子……!?」

待ちわびた来客に、睦美は腰を浮かせて焦る。

しかし、

「申し訳ない。人違いだ」

睦美の部屋に入ってきたのは、那須一子ではなかった。

別の高校のフライトを仕切っている、西園《さいおん》寺遼子《じりようこ》だ。

「なんだ、お前か……」

「なんだ、はないだろう」

「何をしにきた」

睦美の問いに、遼子はふああ、と大あくびを返した。

「……おい！」と、睦美は殺気をこめて睨《にら》みつける。

「悪い。今のは本当に悪い。時差ボケがひどくてな。最近海外を飛び回りすぎた」

「お前と遊んでる場合じゃないんだ。消えろ。これ以上グダグダしてるなら殺すぞ」

「以前から伊集院《いじゆういん》睦美は一番ピリピリしてたな。冷静に見えても、実は余裕がなかった」

「うるさいぞ、お前」

睦美はＰ・Ｖ・Ｆバーンアウトを展開し、銃口を遼子に向ける。

遼子もＰ・Ｖ・Ｆボーダーライン・ブラックホールを展開。銃口が交差する。

「こういう映画のワンシーンみたいな――」

と、遼子が何か余計なことを言おうとしたので、睦美はバーンアウトを撃《う》った。

遼子は咄嗟《とっさ》に自分のＰ・Ｖ・Ｆを盾にした。その装甲《そうこう》に、強力なコンフリクト・ダムダム弾が次々と炸裂《さくれつ》。遼子はよろめいて、ひどい頭痛に苦しむかのように顔をゆがめた。

「メチャクチャだな、お前！」

遼子が半ば悲鳴のような大声をあげた。

そこに、同じ城戸高校に通うパラベラム――阿部喜美火《あべきみか》と水面夜南《みなもやな》も現れた。

「落ちつけ！　戦いに来たわけじゃない！」

と、喜美火が叫ぶ。

喜美火と夜南。さらに二人のパラベラムに銃口を向けられる睦美。あまりに面倒《めんどう》くさくなって、睦美は大げさにため息をついてみせる。

「ふん……いい加減《かげん》にしろよ。本当になんなんだ、お前ら」

「申し訳ない。吐くぞ」と、睦美の攻撃を受けた遼子が言う。「部屋をちょっと汚しちまうが、お前が悪い」

Ｐ・Ｖ・Ｆを撃たれて、精神系・神経系にそこそこのダメージを負った遼子は、その場で嘔吐《おうと》した。胃の中のものをぶちまけてから、口のまわりを手の甲でぬぐう。すっきりしたのか、遼子はけろりとした表情だ。

「だから、何をしにきたんだ！　さっさと言え！」

「あんたがここにいるってことは、陸上自衛隊の勧誘《かんゆう》は断ったんだろ？」と、遼子。

「断ったわけじゃない。返事を保留した」

「陸上自衛隊は『日本を守る』のが目的だ。本気で乾燥者《デシケーター》と戦うなら、私たちと一緒に戦え。メルキゼデクという組織がバックについている」

「メルキゼデク……？」

名前は、聞いたことがある。

遼子が説明を続ける。

「メルキゼデクは、灰色領域《グレイゾーン》の母体と言うべき組織だ。なんというか、灰色領域と城戸高校のフライトに因縁《いんねん》があるのは私も知っている。だが、今は過去に縛られている時じゃないはずだ」

「灰色領域はろくでもない組織だぞ」

「でも、乾燥者を殺すためのノウハウがある。やつらに、一人で勝てるのか……？」

「やってみる」

「お前は人を捜していたな？　一子だっけか」

「――ああ」

遼子の口から彼女の名前が出てきたことに、睦美は苛立ちを覚える。

「なぜだ。なぜ、城戸高校のフライトを離れてその女を捜している？」

「それは——」

なぜだろう。

答えようとして、睦美は言葉に詰まった。

一子に会いたい、と思った。

なぜ、そう思ったのか。

「那須一子は裏切り者だよ」

そう言ったのは、遼子でも喜美火でも夜南でもなかった。

また、別の人間が出てきた。知らない顔だ。

「誰だ、お前」

「霧生六月《きりゅうむつき》、という。灰色領域の幹部だった」

その名前は、一兎や一子から聞いていた。

「あんたが、どうやらこの集団の仕切り役らしいな」と、睦美。

「ボスは上にいるんだが、まあ、現場指揮官ってのは正しい」

霧生がそう言うと、「霧生さんが指揮官だったのか」と遼子が意外そうな顔をした。

「ただの連絡調整役みたいなもんだと思っていた」

喜美火も、勝手にそういう大事なことを決めるな、と不服を口にする。いまいちまとまりのない集団らしい。

「まあ、誰が指揮官かはおいといとくとして、だ……」霧生が話を本筋に戻す。「那須一子も、私と同じで灰色領域《グレイゾーン》の幹部だったが、今は新生人類騎士団の一員だ。許せん奴だよ」

「一子は……あちこちで裏切りをやってるらしいな」

「そんな女に会おうとしてたのは、力が欲しかったからだろう？」

霧生が鋭く言った。

「──っ！」

睦美は、自分でも気づいていなかった心の動きを他人に指摘されて恥ずかしくなり、頬《ほお》が紅潮してしまった。

霧生は遼子をおしのけて、睦美の目の前に移動する。そして、とどめをさすように言う。

「乾燥者《デシケーター》と戦って、普通に勝つのは無理だと思った。それをなんとかするためには、飛び抜けた力が必要になる。一子なら、その方法を知っているのではないか──そんなところか」

「黙れ、勝手なことを！」

睦美は、遼子を撃ってから出しっ放しにしていた自分のＰ・Ｖ・Ｆを、今度は霧生六月に向ける。

素早い動きで睦美の懐《ふところ》に入った霧生は、P・V・Fは出さずに手を振った。睦美の頬に、平手打ちをくらわせたのだ。強烈な平手打ちに、甲高《かんだか》い音が鳴る。

頬をはられた瞬間、睦美は早苗《さなえ》を平手で打った時のことを思い出した。ラーメン屋で、那須一子のことを悪く言われて、我慢《がまん》できなかった。そういえば、まだあのときのことをちゃんと謝ってもいなかった——。

「痛いところをつかれてキレてる場合か！　ガキかお前は！」

霧生が怒鳴りつける。

「放っておけば、本当に人類が皆殺しにされるんだぞ！」

早苗のことを思いつめていたところに激しい言葉を浴びせられ、とうとう睦美の涙腺《るいせん》は決壊《けっかい》した。

「私は……大事な人を……守れなかった……」

睦美のP・V・Fが、元の状態に戻った。涙が止まらない。膝から崩れ落ちる。

床に膝をついた睦美を、霧生が優しく包み込む。

「お前の怒りを受け止められるのは、陸上自衛隊でも米軍でも城戸高校のフライトでもない。メルキゼデクだ。一緒にこい。メルキゼデクには、お前のように傷ついたパラベラムが何人もいる。私もその一人だ」

「あなたも……？」

「こう見えても、夫がいた。子供もいた。でも、どちらも今は過去形だ」

その言葉に胸をえぐられたのは、睦美だけではなかった。普段の飄々《ひょうひょう》とした霧生しか知らない遼子、喜美火、夜南も、突然の告白に表情を硬くする。

「一子のことはこれからも捜し続けるとして……敵を殺すための力はメルキゼデクが責任をもって君に与えよう」

「殺すための……力……」

「ああ。多少のリスクはあるが、パラベラムを飛躍的にパワーアップさせる方法がいくつか考え出されている。試してみる価値はある」

「……力が、欲しい」

それは、考えて口にした言葉ではなかった。睦美の口から、無意識のうちにこぼれ出ていた。きっと、心の底からわいて出てきた言葉だ。

「与えよう。大丈夫だ……ともに乾燥者《デシケーター》と戦おう」

「はい……」

睦美は、霧生を受け入れた。

組織に入りたいわけではなかった。

このひとは信用できる——。そんな気がした。

3

工藤《くどう》尾褄と二階堂《にかいどう》勇樹は、女性自衛官・風神の運転する軽装甲機動車に乗り込み、陸上自衛隊の習志野《ならしの》駐屯地に移動した。乗った車は軍用で窓が小さいので、囚人として護送されているような気分になってくる。

駐屯地の敷地に入った軽装甲機動車は、厳重《げんじゅう》なセキュリティのゲートをいくつか抜けて、曲がりくねった長いスロープを地下に向かっておりていく。

「地下は、陸自の特殊部隊——特戦群の対ゲリラ戦部門が使っていた極秘の訓練場でした。今は、対乾燥者部隊の仮設司令部になっています」

軽装甲機動車が駐車所らしき場所で停まった。駐車場と断言できなかったのは、そこに高射砲《こうしゃほう》や戦車も待機《たいき》していたからだ。正式には、兵器庫、格納庫《かくのうこ》かもしれない。そこで尾褄と勇樹は軽装甲機動車から降りる。

「こちらです」

と、風神が歩き始めたので、尾褄たちは彼女についていく。

オイルの匂いが漂う格納庫を出ると、薄暗い照明の狭い廊下を歩いて、指紋認証と声紋認証のセキュリティを抜けてエレベーターでさらに地下に移動。数十メートル下におりた外は、受付のあるラウンジだった。いかにも急造の施設らしく、壁《かべ》はコンクリートのうちっぱなしで、使い古されたデスクやソファが持ち込まれている。

「尾褄」

そのラウンジにいた女性に、声をかけられた。

こんなところで顔見知りに会うとは思っていなかったので、尾褄は「えっ」と軽い驚きの声を漏《も》らした。

声をかけてきたのは、稲城悠子《いなぎゆうこ》だ。

小さな出版社『遊侠社《ゆうきょうしゃ》』の編集者で、尾褄とは肉体関係があるが恋人同士というわけではない。完全に割り切ったセックスフレンドだ。

薄い化粧《けしょう》が似合う健康的な女性で、ほどよく日焼けしている。

「どうしたんですか、こんなところで」

別れる際、稲城は「とりあえず、私は主要なスタッフも一緒に安全な隠れ家に拠点を移す」と言っていた。

「身を隠してたんだけど、拉致《らち》られた」

「人聞きの悪い。保護したんだよ」

稲城と尾褄の会話に、男が割り込んできた。

「お前は――――！」

その男は、以前遊侠社のビルで尾褄と戦ったことがある。

「あのときは、すまなかったな」

「完全な敵じゃないとは思っていたが……自衛官だったとは」

「陸上自衛官だ。金剛《こんごう》という。対乾燥者《デシケーター》の精鋭部隊を預かっている」

「なぜ、襲ってきたんだ？」

「稲城悠子の周囲には工藤尾褄というパラベラムがいたし、機密に近い情報も入手していた。あの時点ではまだ情報規制を徹底《てってい》する必要があったので、強硬手段をとらせてもらった。工藤尾褄と戦ったのは、ついでだ。ちょっとした腕試しになった」

金剛が言った「機密に近い情報」とは、稲城が入手していた写真のことだろう。アメリカ軍が無人機で撮影した、乾燥者の画像。入手するためにいったいどんな手を使ったのやら、と尾褄は不安がったものだ。

「私はこの地下でいわゆる軟禁状態。不自由はないけど、なんだか悔《くや》しいよ」と、稲城は天を仰ぐ。「一応、マスコミの人間として、こんなことになる前に何かやっておきたかった」

「これでよかった、などと言うつもりはないが」金剛が苦い顔で言った。「乾燥者は謎《なぞ》に包まれていて、強力で、個人で何かができるような相手ではなかった。下手《へた》に動けば、余計に犠牲者《ぎせいしゃ》は増えていただろう。悔やむ必要はない」

ロビーで稲城と別れて、廊下で田之上《たのうえ》という体の大きな自衛官と合流。

隊長の金剛、それを補佐する風神、いかにも頼りがいがありそうな田之上――そして尾褄と勇樹。以上の五人でブリーフィングルームに入った。

部屋には、すでに他のパラベラムたちが待っていた。六人いる。

この時点ですでに一一人の一大フライトだ。

そこに普通科や、高射機関砲《こうしゃきかんほう》スカイシューターの部隊も付属《ふぞく》する。

「我々は、陸上自衛隊、中央即応集団・特殊作戦群超心理学装備小隊だ。民間の人間を多く採用しているが、パラベラムの階級はとりあえず一等陸尉待遇《いっとうりくいたいぐう》とする。現在、全世界的に事態は切迫している」

そして、金剛は手短に説明した。

クリスマスの攻撃について。

人類側が受けた大打撃について。

「しかし、このままただ殺されるつもりはない。実は、すでに各国政府はパラベラムの部隊を編成している。パラベラム部隊を有しているのは二〇か国。これからもどんどん増える予定だ」

（二〇か国……！）

尾褄が想像していたよりも、ずっと多い。

なんとなくだが、パラベラムの数はもっと少ないように感じていた。そして、政府や軍によるパラベラムの組織化は上手くいかないと思っていた。政府はまったく事態を把握《あく》していないものだと思い込んでいた。しかしそういった尾褄の考えは根拠《こんきょ》のない推測にすぎず、事態は水面下で進行していたのだ。そこまで徹底した情報規制が布《し》かれていたということなのだろう。

「他国のパラベラムにくわえて、メルキゼデクと連携がとれるといいんだが、あの組織はいまいち何がしたいのかわかりづらくてな……まあ、今ここにいるだけでも乾燥者《デシケーター》に対抗できる戦力なのは間違いない。しかも、自衛隊にはまだ訓練中のパラベラムが一五人もいる」

こういうことになっていたのか。

尾褄は、自分たちが狭い世界で戦っていただけだと思い知った。隣《となり》の勇樹を見る。今まで見たことのない無表情だ。何を考えているのか、付き合いの長い尾褄にもよくわからない。

「まずは、新宿副都心を人間の手に取り戻す。新宿都庁に、敵の指揮官クラスと思われる乾燥者が二人、堂々とその姿をさらしている。これに、人類の、日本人の一撃をくわえて、反撃ののろしとする」

金剛は断固とした口調で言った。

それから軽い作戦会議と部屋割りなどの話をしたあと、金剛が「家族や友人を政府のシェルターに保護してほしいものは申し出てほしい。人数が多すぎると無理だが、パラベラム一人につき五、六人程度の余裕ならある」と言ったので、尾褄は申し込んでおくことにした。家族、保護、と聞いてまた勇樹の表情が一段と深く沈んだのが、尾褄には辛《つら》くて見ていられないほどだった。

ついでに尾褄は「友人の家族も保護しておいてくれませんか」と金剛に頼んだ。「友人？　パラベラムの？」と聞き返してきたので、尾褄はうなずく。金剛は快諾《かいだく》してくれた。「ウチに入ってくれる可能性があるパラベラムに、恩を売っておくのも悪くないだろう」

「そのシェルターってのはどの程度安全なんですか？」

と、尾褄は訊ねた。

「ほとんどのシェルターは、この仮設司令部のように深い地下にある。乾燥者《デシケーター》はいつも空を飛んでやがるからな。地下は比較的発見されにくく、地上にいるよりはずっとマシだろう」

「あの、すみません」と、勇樹が金剛に話しかけた。

「なんだ」

「これから、金剛さんたちは出撃するんですか？　自分たちは？」

「工藤と二階堂は、まだ集団戦の訓練を受けていないだろう。残ってくれ」

「訓練中のパラベラムが一五人もいるんですよね？」

尾褄が会話に割り込むと、金剛は「ああ」とうなずいた。

「なら、乾燥者への攻撃は彼らが使えるようになってから、という考え方はありませんか？　それに、パラベラムはまだ探せばたくさんいるはずです。敵が指揮官クラスかもしれないなら、絶対に戦力はもっと増強しておいた方がいい」

「そんなことは、お前に言われなくてもわかってるよ」と、金剛は苦虫を噛み潰したような顔だ。「だがな、こちらの攻撃が一時間遅れると十万人単位で死者が増えるんだよ。ひ・と・が、死ぬんだ。たくさん。しかも乾燥者は、すでに習志野を重要攻略対象に設定している気配がある。時間がたてばたつほど、こちらが不利になる……全部承知の上で、俺たちは綱渡りみたいな戦いをしなけりゃいけないんだ」

「僕も、いきます」

勇樹が鋭い視線で一歩前に出た。

「だから、さっきも言ったろう。訓練が足りない」

金剛はなかなか首を縦に振らない。

「でも、僕らには豊富な『実戦経験』がある」

勇樹も簡単にはあきらめない。食い下がる。

「パラベラム同士の戦いを経験したことがある人間なんて、そう多くはいないはずだ」

「む……」

実戦経験——職業柄なのか、その言葉に金剛の心が動いた。少し考えてから、決断を下す。

「よし、わかった。そこまで言うのなら、一緒に来てもらおう。こちらの戦力が不足しているのは事実だし、情報部の調査で優秀なパラベラムだということもわかっている。だが、さすがにこのまま即、というのは拙速《せっそく》すぎる。どうせ準備——スカイシューターの燃料や弾薬の補給——には一時間ほどかかる。その間に、田之上から対乾燥者《デシケーター》戦のフォーメーションと連携プレーの基礎を教わってくれ」

「わかりました」

「二階堂が行くなら……」

と、金剛は尾褄に視線をやる。尾褄はうなずく。

「ええ。もちろん俺も」

結果、新宿副都心には八人のパラベラムが向かうことになった。

指揮をするのは金剛。補佐する田之上。尾褄と勇樹。そして他のパラベラムが四人だ。風神たちは留守《るす》を預かる。風神は留守番を命じられて不服そうだったが、金剛が「空っぽになった仮設司令部が襲撃されても、撃退できるだけの戦力を残しておきたい」と言ったら渋々納得していた。

尾褄と勇樹には、仮設司令部の宿舎・居住区にそれぞれ個室が与えられた。部屋は、小さな液晶テレビにベッド、ユニットバスがついたビジネスホテルの一室のような雰囲《ふんい》気《き》。とりあえず、不都合《ふつごう》はなさそうだ。心を落ち着けるために尾褄が自分の部屋で荷物の整理をしていたら、誰かがドアをノックしてきた。勇樹だ。すぐにドアを開けて、中に招き入れる。

「準備は終ったのか、勇樹」

「準備も何も……あとは、田之上さんから訓練を受けるだけだよ」

自衛隊と一緒に戦うが、尾褄たちは軍服に着替える必要はないと言われた。あくまで非常事態における民間人の協力なのだ。ネックレス型の認識票を首に下げ、GPS機能付きPDAと軍用無線をつけて、いざという時のためのサバイバルキットが入ったナップザックを背負って、準備は終りだ。あとは、金剛の指揮にしたがって戦うだけだ。

「まさか……たった数日で、こんなことになっちまうなんてな」

尾褄は重いため息とともにつぶやいた。

いつか始まるとは思っていた。

だが、ここまで何もかもが変わってしまうとは思っていなかった。いや、予想はできたが、それを認めようとせず心が逃げていたのだ。

城戸高校映画部のフライトは、一瞬でバラバラになってしまった。

このままきっと、大きな流れに飲み込まれていく。

「……パラベラムは心の銃を出して、心の壁で身を守り、心の力でビルとビルとの間を飛び回る、超能力者だ」

尾褄は、独り言のように言った。

「……でも、超能力者だからといって、本当の意味で自由になれるわけじゃない。結局、学生が社会に出ていつか働かなきゃいけないように、パラベラムにも義務が――いや、宿命がつきまとってくる」

「どうして……志甫や一兎は一緒に来てくれなかったんだろう……」

「俺たちはパラベラムだけど、普通の高校生でもあるんだぜ」尾褄は、一兎や志甫のためらいもごく当然のことだと思う。「迷わず自衛隊に協力する、なんて難しいさ」

「このまま、僕たちは完全に自衛隊の人間になっていくのかな」

「それは、まだわからない」

「映画監督になりたかったたな……」

と、まるで夢を諦めたかのように、勇樹が疲れた微笑《ほほえ》みを浮かべた。

「なれる」

尾褄は、勇樹の肩をつかんで断言した。

「いいか勇樹。まだ、俺たちは何一つ諦める必要なんてないんだ」

「尾褄……！」

「乾燥者《デシケーター》を倒して、そのあと、また普通の暮らしに戻るんだ。戦争が始まって世界が変わるのは一瞬の出来事だった。ってことは、元に戻るのも一瞬ってことなんだ」

尾褄自身が、夢みたいなことを言ってしまった、と内心思った。

第六章　みんなが死と絶望に向かって

トラウマ・シェル／[Trauma Shell]
精神のシールド。
〈パラベラム〉の戦闘時には、防御用に使われる。

1

尾褄《おづま》と勇樹《ゆうき》は、風神《かざがみ》とともに自衛隊へ。
睦美《むつみ》は制止した志甫《しほ》を怒鳴《どな》りつけ、一子《いちこ》を捜しに。
「いっちゃったね、みんな」
「うん……」
教室には、一兎《いっと》と志甫だけが残った。
とうとう、世界中が戦場になってしまった。
乾燥者《デシケーター》との戦いで、身近な人間からも死者が出た。
蔵前早苗《くらまえさなえ》が死に、勇樹の家族が死に——今や、映画部の心はバラバラだ。
乾燥者と戦う主な組織は二つ。
一つは米軍・自衛隊のパラベラム部隊。
一つは灰色領域《グレイゾーン》の黒幕、超国家組織メルキゼデクのパラベラム部隊。

日本中のパラベラムが、このどちらかを選んで乾燥者と戦うことになった。

「睦美さん……怒ってた」

志甫はうつむいて涙をこらえていた。

「仕方ないよ。人が殺されたんだ。誰だって普段のままじゃいられない」

一兎も、母や姉や——考えたくもないが、志甫や映画部の誰かが乾燥者に殺されていたら、もっと取り乱していただろう。

「いずれ、こうなる運命だった」

心のどこかで、覚悟はしていた。一歩ずつ、一歩ずつ、城戸《きど》高校のパラベラムたちは乾燥者との戦いに近づいているのはわかっていた。ことが起きる前にできることは何もなかったが、心構えはもっとしっかり固めておくべきだったかもしれない。楽しかった日々は、終ってしまったのだ。クリスマスに、突然に。

(でも、本当は……もう少しだけ)

——もう少しだけ、楽しんでいたかった。映画部の活動を、みんなとの時間を。

「秋葉原に行こう」

一兎が考え込んで無言の時間が続いていたが、志甫がそんなことを言い出して空気が変わった。一兎はきょとんとした顔になって「秋葉原?」と聞き返す。「そう、秋葉原」

と、志甫はぶんぶんぶんと大げさに首を縦に振る。

「なんでだよ！」

「それはね……」

と、志甫は睦美が言っていたことを、まるで自分が思いついたかのように話した。もう、携帯は通じないだろうということ。この状況では、強力な無線がたくさんあったほうがいいのではないか、ということ。無線を仕入れるとなれば、近所だし、秋葉原が一番ではないか――。説明を聞いた一兎は、感心して「うん、いいアイデアじゃん！」と子供を褒《ほ》めるように志甫の頭を撫《な》でた。「ちにゃー」と、久しぶりに志甫の唇《くちびる》が笑みを作る。

一兎と志甫は学校を出て秋葉原を目指す。交通網は完全にマヒしているので、P・V・Fを展開してから建物の上を跳躍《ちょうやく》して移動する。ビルの屋上《おくじょう》から、また別のビルの屋上へ。タイミングを合わせて二人同時にジャンプしながら、空中で会話を交わす。

「一兎は、自衛隊は嫌だった？」

「嫌とか、そういうんじゃないよ。志甫は、さっき勧誘《かんゆう》されたとき『上手《うま》く言えないけど、軍隊と一緒に戦うことに抵抗がある』と答えただろ？」

「うん」

「その気持ちはわかるんだ。でも、その気持ちの正体は、説明しようとすると難しい」

「そう、そうそう」

「パラベラムがいずれ組織に組み込まれるのは仕方ないと思う。こんな異常な力を放っておいたら、乾燥者《デシケーター》との戦いが始まらなくとも人間社会は崩壊《ほうかい》する」

「…………」

「日本人のパラベラムが、警察《けいさつ》や自衛隊と協力するのも自然な流れだ。そこまでわかっていても、俺はあの場で決めることができなかった。抵抗があった」

「それは……なぜ？」

「俺たちが、高校生だからだ」

途中、新御茶ノ水にあるパチンコ屋の看板《かんばん》の上で志甫が足を止めた。怪訝《けげん》に思って、一兎はその隣《となり》に降り立つ。

「何かあった？」

「ねえ、一兎。あれ見て」

足元の、半ばコンビニのような品ぞろえの豊富な薬局で、物資の奪《うば》い合《あ》いが起きていた。最近の薬局には、ついでに食料品や飲み物も販売している店舗《てんぽ》が多い。警察も交通網もマヒしてパニックが広がり、とりあえず食料を確保したいという人々が暴徒化していた。

志甫が指差したのは、暴徒に押し潰されそうになっている若い母親だった。母親は、かわいそうに毛布でくるんだ赤ん坊を抱えている。金属バットや包丁《ほうちょう》を持った数人の若い男たちが、食料はもちろん、薬品、赤ん坊用のミルクまで独占しようとしている。その男たちは、すでに店員をバットで半殺しにしていた。

「これは……」

「一兎、放っておけないよね？」

「ああ、もちろん」

一兎と志甫はビルの屋上から飛び降りた。薬局の前に着地して、武装《ぶそう》した若い男たちに「やめろ！」と声をかける。

しかし、無視された。こちらの声が相手にはまったく聞こえていないようだったので、アイコンタクトをとって二人は薬局に踏《ふ》み込《こ》んでいった。そういえば、真っ昼間から人前で堂々とP・V・Fを展開したまま行動するなんて初めてのことだ。下着姿で外を歩いているような、妙《みょう》な気分だった。

暴徒化した若い男を、一兎はP・V・Fをつけていない方の腕で軽く突き飛ばした。殺したいわけではないので、かなり手加減《てかげん》した。それでも、パラベラムの身体能力は人間離れしているので、一兎に突き飛ばされた男は宙に浮いて壁《かべ》に激突する。骨くらいは折れているかもしれないが、彼らが悪いことをしていたのは間違いないのでそれは罰《ばつ》だと思ってほしい。

志甫も、暴徒を軽く蹴《け》ったりした。普通の人間相手の戦いには慣れていないのでおっかなびっくりという感じだったが、ほんの数分で混乱を収拾することができた。

ところが、これで一時の平和が訪れるかと思ったら、一兎と志甫のＰ・Ｖ・Ｆを見た人々が悲鳴をあげて逃げ始めた。

「え⁉　その、俺たちは怪しいものじゃ……」

一兎が慌《あわ》てて大声で弁解しても効果はなかった。

すぐに薬局からは誰もいなくなった。

「乾燥者《デシケーター》と間違われちゃった……」

志甫がつぶやく。

「そっか……知らない人には、あんまり見分けつかないよな」

「そういえば、もしも今、乾燥者と戦闘になったらどうしよう……」

志甫が不安がった。

「大丈夫だよ」と、一兎は苦い笑いを浮かべた。「……乾燥者たちは、俺の新しいＰ・Ｖ・Ｆに興味があるようだった。後回しにしてくれそうだよ。こっちから戦いを仕掛けたら、話は別だろうけど」

——それから数分後。

二人は、秋葉原に到着した。

余計なもめ事を避《さ》けるためにＰ・Ｖ・Ｆを片づけて、地上を徒歩で移動する。

万世橋を渡って、中央通りへ。少し歩いてから横道にそれて、無線を扱っていそうな店を探す。

一兎はあまり秋葉原に遊びに来たことがなかった。それでも、普段の秋葉原がどんな街かは、メディアを通じてそこそこの知識が入ってきている。そのイメージがある分、現在の惨状《さんじょう》にはただ呆然とするばかりだ。今、この街は、限りなく無人の廃墟《はいきょ》に近い。

一兎たちは知らなかったが、少し前に乾燥者《デシケーター》の第二次攻撃があり、秋葉原駅周辺はその標的《ひょうてき》になっていた。

「誰もいない秋葉原って、まるで別の街みたいだね」

志甫が小声で言った。

店頭に細かな部品を陳列した電器店も、煌《きら》びやかなゲームセンターも、美少女が大きく描かれた看板も、今となってはすべて懐《なつ》かしい夢の名残《なごり》のようだった。

「ここ、いかにもって感じじゃない？」

志甫が、古びた雑居ビルを見つけた。ごちゃごちゃと看板が並んでいて、その中には「〇×無線」とか「凹凸ラジオ」といった店名が混ざっている。

「ああ、ちょっと探してみよう」

二人は適当な店に足を踏み入れた。

似たような機械が並んでいて、素人目《しろうとめ》には見分けがつかない。

その無線機店も無人だった。店員も逃げ出していた。

「店員さんいないね……」と、志甫。

「どうせこっちには金がない。もらっていこう」

そう言ってから、これじゃ俺たちもあの薬局を襲《おそ》っていた連中と大差ないな、と一兎は自嘲《じちょう》する。

一兎は、細かいことはよくわからないので、その店で一番高いトランシーバーを探した。見つけたのは、三万円ちょっとの品物。箱のスペック説明に目を通してみる。障害物のないところでは、最高二キロ先まで通話可能。市街地のど真ん中でも、三〇〇メートル以内ならなんとかなるかもしれない、とのこと。通話距離を伸ばすための中継器に対応。アルカリ電池三本で約七〇時間動く。悪くない。

「携帯型だけじゃくて、据え置き型の無線もほしいな……あと、ラジオも」

「おー、なるほど」

「こういうの、あんまり詳しくないんだよな……尾褄さんか睦美さんがいれば」

いれば――一兎には、その続きを口にすることができなかった。もう、二度と昔の映画部には戻れないような気がした。

「ラジオゲットだお」

と、志甫が何かをごまかすように明るい声をあげた。

携帯型のトランシーバーだけでなく、据え置き型のアマチュア無線機もアンテナやマイクと一緒にもらっていくことにする。何かの役に立つかもしれない。

レジカウンターには、スイッチが入れっぱなしの無線受信器があった。驚《おどろ》いたことに、勝手に警察無線を傍受《ぼうじゅ》している。マルチバンド・レシーバーだ。働いていた店員が、この装置で情報を集めていたのだろう。そして、秋葉原も危ないことに気づいて逃げ出した――。そんなところか。そういえば、マニアはわりと簡単に警察、消防、救急の無線を傍受できると聞いたことがある。

『えー、新宿都庁付近に敵らしき人影が存在する模様』無線受信器から、声が流れる。

『自衛隊の専門部隊が出動する。激しい戦闘が予想される。もしも所轄《しょかつ》にこの無線を聞けるものが生き残っているなら、避難《ひなん》と付近住民の誘導を。繰り返す――』

「自衛隊の専門部隊……」

一兎は目を細めた。嫌な予感がした。

「尾褄や、部長も参加してるのかな……」

不安げに志甫がつぶやく。

「それはわからない。なにしろ、あの二人は自衛隊にくわわったばかりだから……普通なら作戦に参加してることはないと思うけど。でも、わからない。自衛隊も必死なはずだ。優秀なパラベラムは、すぐにでも前線に投入したいところだろう」

「どうしよう、一兎」

志甫に言われなくても、一兎はどうすべきか考えている。

尾褄と勇樹がいるかどうかはわからないが、確実に自衛隊のパラベラムはいるだろう。人類を守るために戦うパラベラムが。

無線では「激しい戦闘が予想される」と言っていた。また、大量の人が死ぬのは疑いようがない。

――これを聞かなかったことには、できない。

「いこう」と、一兎。

「だね」志甫はうなずく。

「どの組織に所属するかは、まだ決められないし決めたくない。でも、乾燥者《デシケーター》とは戦うしかない。それだけははっきりしてる。自衛隊のパラベラムたちが苦戦していたら、助けよう。――俺たちも、パラベラムだから」

尾褄や勇樹がくわわってさらに戦力が増強された陸自中央即応集団・特殊作戦群超心理学装備小隊が仮設司令部を出動した。八人のパラベラムに、一六台の高射機関砲《こうしゃきかんほう》スカイシューター。さらに今回の作戦には、一二〇〇名の普通科連隊も援護《えんご》についてくるという。

2

パラベラムたちは、四台の三菱製1／2tトラックに分かれて乗り込んだ。尾褄と勇樹は、トラックの輸送スペースに並んで座っている。二人は、田之上《たのうえ》から対乾燥者《デシケーター》戦の基本的な訓練を受けたあとだ。

「……許せない」

勇樹が、感情を封印した目でつぶやく。自分がひどい目にあわされることは我慢《がまん》できる。だが、親しい他人が傷つけられた時に、勇樹は本気で怒る。

勇樹の攻撃力は弱い。彼は防御に優れたパラベラムだ。しかし、本気で相手を殺そうと思えば、方法がないわけではない。

尾褄は、勇樹の肩を抱いて「ああ。あいつらの虐殺《ぎゃくさつ》を止めよう」と力強く言った。

乾燥者の攻撃が始まって、東京都知事は都庁に全職員を招集した。そこに「あの二人」

が現れた。少女たちとは違う、大人の乾燥者。あっという間に職員すべてを殺し、今もそこに居座っている。隠れもせず、堂々と。

「いくぞ、戦闘開始だ」

新宿区に入ったところで、金剛《こんごう》が無線で全員に告げた。

ここで、部隊は二手に分かれる。

尾褄と、仲西《なかにし》というパラベラムがトラックを降りて別行動をとる。この二人は、西新宿五丁目にある高層ホテルの屋上で狙撃《そげき》位置につく。八人のうち、この二人だけが中・遠距離を得意とするタイプなのだ。

勇樹は、金剛や田之上とともに行動し、フォワードを守る。敵に隙《すき》があれば、勇樹も積極的に攻撃に参加する。

別れる際、尾褄は勇樹に「無理はするなよ」と声をかけた。勇樹は「そっちこそ」と静かに笑って手を振る。

「じゃあ、よろしくお願いします。工藤《くどう》さん」

と、仲西が挨拶《あいさつ》してきた。

「はい。頑張《がんば》りましょう」

急造のエレメントなので、やりとりもどこかぎこちない。

それぞれのＰ・Ｖ・Ｆを展開して、跳躍する。

仲西は女性で、練馬区の短大に通っていた。ひき逃げ事故で殺された弟の仇《かたき》を討《う》つために、〈センパイ〉からもらった錠剤《じようざい》を飲んでパラベラムになった。金剛にスカウトされるまで、自分以外のパラベラムが存在するとは思っていなかったそうだ。彼女のＰ・Ｖ・Ｆも尾褄のアーキタイプ・ブレイカーと同じく狙撃銃型で、遠距離に強いスペシャル・ショットを持っているという。

ジャンプを繰り返して、高層ホテルの屋上に到達する尾褄と仲西。そこから都庁まで直線距離で五〇〇メートルほど。二人は、ビルのふちに寝そべって姿勢を安定させてからＰ・Ｖ・Ｆを構える。

最初から狙撃を意識してＰ・Ｖ・Ｆを展開したので、専用のスコープがついた状態だ。倍率を調整して、スコープで敵の姿を確認する。

地上四八階建て、東京都庁第一庁舎の上部、ツインタワー。そこにはられた精神力コーティング済みワイヤーの上に、二人の乾燥者《デシケーター》。一人はショートカットの知的な美女。もう一人はプラチナブロンドをセミロングにした気が強そうな女性。乾燥者たちはみな少女だが、この二人は完全に大人のようだ。

「報告によれば、ショートカットが〈センセイ〉、セミロングが〈ショウグン〉と呼ばれてるそうです」

「へえ……」

「こんな距離での狙撃は初めてです……工藤さんは？」

「俺も、初めてです。だから、金剛さんから攻撃開始の合図が来たら、まずは通常弾を撃って着弾地点とのズレを確かめようと思ってます。それで狙撃手がいることは敵にバレると思いますが、すぐに本命のスペシャル・ショットによる狙撃を行えばフォロー可能でしょう」

「それでいきましょう。というか、他になさそうですよね」


狙撃班の尾褄と仲西が別行動をとって、前面に出るパラベラムの数は六人だ。

まず、機甲科の87式偵察警戒車《ていさつけいかいしゃ》が位置についた。二五ミリ機関砲を搭載《とうさい》した装輪装甲車《そうりんそうこうしゃ》が二〇台、都庁前の道路に展開してセンセイとショウグンに狙いを定める。

一六台の高射機関砲スカイシューターは、新宿中央公園に陣取った。木々で姿を隠しながら、敵に隙あらば九〇口径三五ミリ機関砲の猛射をくわえる。

しかし、今回の作戦の主役は偵察警戒車でも高射機関砲でもない。後方で狙撃位置についた二人と、正面から攻める六人。合計八名のパラベラムが攻撃の主軸となる。

金剛は今までに同じ作戦で数人の乾燥者を倒してきた。乾燥者一人の戦力はおよそパラベラム六人分だと米軍は発表しているが、金剛はその情報分析には賛同できない。パラベラムにも個人差があるし、パラベラムと現用兵器の連携《れんけい》さえ上手くいけば、もっと少ない戦力でも互角《ごかく》以上の戦いが期待できる。バカ正直に殴《なぐ》り合《あ》う必要はないのだ。人間同士の戦争とは違う。どんなに非難されようと、有効なら細菌兵器でも核兵器でもなんでも使うべきだと金剛は思う。

金剛たち正面担当のパラベラムも一斉にＰ・Ｖ・Ｆを展開した。

「偵察警戒車、攻撃開始！」

と、金剛は太く吠えた。

3

「人間の軍隊に囲まれたな」

と、ショウグンがつぶやいた。

まるで城か宮殿のような東京都庁のツインタワーの中ほどに居座る二人の乾燥者《デシケーター》。

「この星を戦場にするのは初めてではないですよね？」

センセイが疑問を口にした。

「えーと……ああ……」ショウグンは面倒《めんどう》くさそうに答える。なぜか、うんざりしたような顔だ。「まあ……そうだな。ここ数万年の間に五、六回だと思う。だが、お前——

センセイが参加するのは今回が初めてだよ」

「つまり、今回が本気、と」

「そういうことだ。夜警同盟《ウォッチメン》も、そろそろこの宇宙の人類に飽きてきてるんだと思うよ」

「宇宙は一つじゃない」と、センセイ。「無数に存在する。量子的なゆらぎにある物理学的には無の空間から多数の親宇宙《マザー・ユニバース》が生まれ、そこから子宇宙《チャイルド・ユニバース》が。子宇宙からさらに孫宇宙、ひ孫宇宙へ。宇宙は熱い火の玉として誕生し、相転移《そうてんい》を起こし、膨張《ぼうちょう》していく。そこに『神』が生命をばらまいていったのは、決して矮小《わいしょう》な文明社会とやらを育てるためではありません」

「そのための――『選択戦争』だ」

「乾燥者は精神で戦います。精神を発達させた民族ならば、生き残れます」

「どうでもいいけど」

「はい？」

「いや、どうでもよくはない。お前とこの話をするのは四百回目くらいだ」

そう言ったショウグンは険《けわ》しい表情だ。

「……そうでしたっけ？」

センセイはきょとんとした顔で、人差し指を自分の唇にあてた。無限の時間を生きる、血も涙もない殺戮《さつりく》に生きる乾燥者とは思えないあどけないしぐさだ。

「私はあまりにも長く生き過ぎたから……定期的に不要な記憶は削除しています」

「ひどいな」ショウグンは不満そうだ。「私との会話は不要な記憶か」

「楽しい会話は残していますよ」

センセイは少し慌てて弁解した。

「なら、いいんだが……」

「長い時をともに生きる、長い付き合いのあなたですもの」

「だな……これからも永遠によろしく」

「はい。ところで……くるみたいですよ」

「わかってるって」


まず偵察警戒車が機関砲を連射した。牽制《けんせい》のためだ。

大量の機関砲弾が、センセイとショウグンに着弾。トラウマ・シェルに防がれる。弾かれた弾丸が庁舎に当たって、コンクリートの破片をまき散らす。

六人のパラベラムが三つのエレメントを組んで、庁舎の壁面を駆け上がっていく。金剛の相手は、城戸高校の二階堂《にかいどう》勇樹だ。一番気心が知れているのは同じ自衛隊の田之上だったが、攻撃型のパラベラム二人がエレメントを組んでも利点が少ない。互いの能力をできる限り引き出すために選んだ相手が、勇樹だったのだ。

金剛たちも、ツインタワーの間にはられたワイヤーの上に立った。間近で見ると、本当に巨大なクモの巣のようだ。鉄骨で構成された立体的な迷宮のようでもある。

「高射機関砲、攻撃開始！」

金剛は喉に巻きつけたマイクで命令を飛ばす。

一六台の高射機関砲が発砲する。

それに合わせて、金剛たちパラベラムもP・V・Fを撃つ。金剛に砲弾の破片が降り注いできたが、勇樹がトラウマ・シェルで防いでくれた。

さすがの乾燥者《デシケーター》も、多様な弾種の複合攻撃に嫌そうな顔をした。

あと少しだ、と金剛は攻撃をくわえながら思った。相手のトラウマ・シェルは急速に弱まっている。ここに狙撃で強力な弾丸を叩きこめば、本体にダメージを与えることができるはずだ。

「よし、狙撃班――」

金剛が尾棲たちに狙撃の実行を命じようとした、その時だった。

「ちょっと弾幕が鬱陶《うっとう》しいな」

と、ショウグンが言った。

次の瞬間、異変が起きた。

ショウグンの周囲に、次々と丸い穴が生じた。小さなブラックホールのようだ。

「――っ！」

まずい、と思って尾褄は自分の判断で通常弾を発砲。着弾地点を確かめてから照準を修正。精神力の弾丸は風力や重力の影響を受けないので、狙いをつけるのは簡単だ。それからセレクターを「Ｓ・Ｓ《スペシャル・ショット》」にセットし、引き金を絞る。

尾褄のスペシャル・ショット、元型狙撃。相手の本質を打ち抜く特殊攻撃だが、精神系の構造が膨大《ぼうだい》な乾燥者《デシケーター》には通じにくい。

それは尾褄も承知の上だ。

仮に相手の元型を直撃せずとも、尾褄のスペシャル・ショットは普通に強力な弾丸である。どこに当たっても、それなりのダメージを与えることができる。しかも、だ。単発ではない。連発できる。隣には、似たような性能のＰ・Ｖ・Ｆを持った仲西もいる。これで一気に仕留められる――。

そんな尾褄の期待や金剛の作戦を背負った元型狙撃の弾丸は、しかし、センセイにもショウグンにも命中することはなかった。

「出ろ！　レスポンデント・タイタンズ！」

ショウグンが吠える。

彼女の周囲に生じた虚空《こくう》の穴から、ぬうっ、と太い腕が伸びてきて、狙撃をてのひらで受け止めたのだ。

穴から出てきたのは、巨人だった。

乾燥者のように宙に浮かぶことができる、体長一五メートルほどの巨人だ。

皮膚《ひふ》や肉ではなく、ダイアモンドと青銅でその巨体が構成されている。巨人たちが身につけた鎧《よろい》のデザインは古めかしく、古代ローマ帝国兵士風だった。

次々と現れて、ショウグンとセンセイを守る。

その数は一三体。

「私のP・V・Fは指揮官用の広域コントロール型」

と、ショウグン。彼女の右腕には、角笛とアコーディオンを組み合わせたような楽器型のP・V・Fが装着《そうちゃく》されている。

それは、乾燥者の進軍ラッパなのかもしれなかった。

「この巨人たちは戦術ゴーレムを改良したもので、一つ作るのにおよそ一万という数の人間の死体が必要になる。作るのはかなりの手間だが、その分精神系にも物理系にも強く、使い勝手がいい。

一三柱の『レスポンデント・タイタンズ』《受動的な》。一三柱の神はすべて私の命令に絶対服従。かわいい無敵の兵士たち。私が〈将軍〉と呼ばれるゆえんだ。兵をもたない将軍は、将軍ではないからな」

レスポンデント・タイタンズのうち、二体が地上に降下していった。

偵察警戒車の部隊を蹴散《けち》らす。

レスポンデント・タイタンズは武装していなかったが、口(らしき場所)から強力な熱線を吐きだした。マグマのようなエネルギーを、消防車が放水する勢いで敵に浴びせるのだ。地上で、偵察警戒車が爆発炎上し、もくもくと黒煙がたちのぼる。

「では、私もそろそろ……」

と、次にセンセイが動いた。

センセイのP・V・Fは、クトゥルフ神話に登場する異形《いぎょう》の神のようだった。粘着《ねんちゃく》質《しっ》な生物型で、銃口の周囲には無数の触手が配置されている。触手は硬いゴム製に見えるが、先端は金属質で尖《とが》っている。

「私のP・V・F――『オプティカル・イリュージョン・ダンジョンマスター』」

オプティカル・イリュージョンとは、錯視《さくし》のことだ。

視覚における錯覚《さっかく》のことを、錯視という。

「人間には、私の攻撃は理解できないし、目で追うことも不可能でしょう」

センセイが突然ワイヤーから飛び降りて、田之上に肉薄した。

「！」

田之上はガトリングガン・タイプのＰ・Ｖ・Ｆを発砲しつつ、後退する。別のワイヤーに飛び移って、間合いをとろうとする。

田之上とエレメントを組んでいたパラベラムの男が、援護のため、センセイに銃口を向けた。

「ダメですよ」

向けられた銃口に反応して、センセイのＰ・Ｖ・Ｆについた触手が急激に伸びた。次の瞬間、そのパラベラムの男は全身から血を噴き出しながら地上に落下していった。何が起きたのか把握《はあく》できず、田之上は目を白黒させる。

「くそっ！　なんなんだ！」

敵の攻撃は正体不明だが、このままやられるわけにはいかない。

田之上は、伸縮自在《しんしゅくじざい》の鎖でつながっている、精神力の鉄球を振り回した。田之上のＰ・Ｖ・Ｆ、六八口径エゴ・アームズ、チェーンギャング・デバステイターの特殊攻撃だ。その鉄球は、田之上の戦意に応じて巨大化する。

振り下ろされた鉄球を横にかわすセンセイ。狙いを外した鉄球が、ワイヤーの一本を押し潰す。そしてセンセイの反撃。田之上に向かって跳躍し、触手を伸ばす。

「では、命をいただきます」

と、センセイ。その触手は、田之上に直進したわけではなかった。複雑な軌道《きどう》を描き、あろうことか一部の空間を「省略」し、いつの間にか触手の先端が田之上を貫いている。

「田之上！」

金剛は〇七式エハでセンセイを狙う。

砲塔を動かし狙いを定めて、撃つ。成型精神波炸薬弾P・V・F用HEAT。この攻撃力で倒せなければ、あとはスペシャル・ショットしかない。しかし、ここで金剛の奥の手を使えば、味方にも被害が大きすぎる——。

しかし金剛のHEAT弾は、またしてもレスポンデント・タイタンに邪魔《じゃま》された。巨人の鎧に砲弾がめり込んで、体の破片が飛び散るが、機能停止にまでは追い込めない。凄《すさ》まじい防御力、そして生命力。

レスポンデント・タイタンの熱線が口から放たれる。金剛がそれをかわしたせいで、一人のパラベラムがドロドロに溶かされた。

「まずい！」

ここまでだ、と金剛は奥歯を噛《か》んだ。戦闘を指揮する人間に必要なのは、踏みとどまって戦う勇気だけではない。より重要なのは、退き時を知っていることだ。

「撤退だ！　総員撤退！」

「まだだ！」

ところが、二階堂勇樹が命令を無視した。

「バカ！　二階堂さがれ！」

「せめて一人でも道連れに！」

金剛や他のパラベラムたちは撤退《てったい》を開始する。

勇樹は踏みとどまって跳び上がり、ショウグンに向かっていく。

――乾燥者《デシケーター》を、この手で絶対に、倒したい！

ショウグンを守るレスポンデント・タイタンズが勇樹につかみかかった。勇樹は途中で体をひねり、クモの巣状にはられたワイヤーを蹴って方向転換しつつ、空間を立体的に使ってショウグンに接近する。

間合いが詰った。

勇樹の手には、イド・アームズ、拳銃型《けんじゅうがた》のブラインド・ジャスティスが握られている。

「そんな豆鉄砲で私が倒せると思っているのか？」

「思ってない！」

勇樹は、ブラインド・ジャスティスを撃つつもりはなかった。至近距離で、ショウグンを包み込むようにトラウマ・シェルを展開する。

「――なっ？」

意外な攻撃に、ショウグンが微かに驚いた表情を見せた。

勇樹は、強固なアンチノミー型トラウマ・シェルを展開することができる。二律背反《にりつはいはん》の葛藤《かっとう》経験をベースに構築されたこのシェルは、相手を閉じ込める「檻《おり》」にもなる。檻の範囲をどんどん縮《ちぢ》めていけば——やがて相手は圧死する。乾燥者《デシケーター》のような、肉体の構成が人間よりも精神系に偏《かたよ》っている存在には、特に有効なはずだ。

事実、ショウグンは勇樹のトラウマ・シェルを露骨《ろこつ》に嫌がった。

精神力の格子《こうし》で拘束《こうそく》し、さらに締め付ける。

ギチギチ、という確かな手応えが勇樹の手に走る。

「おおおッ！」

勇樹は雄叫《おたけ》びをあげた。あと少し、あと少しで、敵の芯《しん》までシェルが届きそう——。

しかし——

「面白いことを思いつきますね」

センセイが間近にやってきていた。勇樹は背中をとられてしまった。

「そんなトラウマ・シェルの使い方を見るのは、まだほんの数回です」

センセイのP・V・F、オプティカル・イリュージョン・ダンジョンマスターの触手が勇樹を狙って伸びる。その軌道を人間の目で完全に把握するのは難しい。ましてや、ショウグンへの拘束を解かない限り回避は不可能だ。

すぐに逃げるしかない。が、勇樹はショウグンを倒すことに未練《みれん》がある。

焦り、トラウマ・シェルを展開する手に力を込める。

「悪くないが――」

と、ショウグンが涼しげに笑う。

「こっちもアンチノミー型トラウマ・シェルをはることができたらどうなると思う？」

「――ッ！」

「そうだ。力比べだ」

ショウグンが、乾燥者特有の硬質なトラウマ・シェルを変化させて、極めて人間的かつ感情的なアンチノミー型にはり直した。

シェル同士がぶつかり合って、電子音のようなものが鳴り響き、火花が爆《は》ぜる。

「話は簡単だよ少年」

ショウグンが余裕の笑みを浮かべて言う。

「――なッ！」

「パラベラムはしょせん、乾燥者を模《も》したものにすぎない。コピーにできることは大抵、オリジナルにもできる」

トラウマ・シェルの押し合いで力が拮抗《きっこう》した。ショウグンは、レスポンデント・タイタンズをコントロールしている状態で集中力が分散している。よって、有利なのは勇樹のはずなのに、地力で圧倒的に負けているから押し切れない。

「くそッ――――！」

もう無理だ。どう足掻《あが》いても無理だ。勇樹の双眸《そうぼう》から悔《くや》し涙《なみだ》が溢《あふ》れる。ここまでだ。

勇樹はすっかり熱くなっていたが、乾燥者《デシケーター》たちからこれだけ冷水を浴びせられれば、嫌でも我に返ってしまう。

勇樹はトラウマ・シェルを片づけた。

頭がおかしくなりそうなほど悔しいが、逃げるしかない。乾燥者を一人も倒さないうちに、死にたくはない。このままでは無駄死《むだじ》にだ。

しかし、前後を強力な乾燥者に挟まれている。

――どうする⁉

勇樹の体をセンセイの触手が貫く――。

いや、その直前に銃声。

触手の先端に、大量の着弾。驚いたセンセイが引っ込める。

レスポンデント・タイタンズの手をかわして、一人のパラベラムが都庁を駆け上がる。

「勇樹ィッ！」

高層ホテルの屋上から飛び降りて、疾走し、尾褄がやってきた。

尾褄は走りながらスペシャル・ショットを発砲。

元型を打ち砕く強烈な一撃も、単独攻撃ではショウグンのトラウマ・シェルには通じなかったが、牽制の役目は見事はたした。

「何も考えずに、跳べ！」

尾褄が叫ぶ。

「！」

それを聞いて、勇樹は雷に打たれたように動いた。渾身《こんしん》の力で、足元のワイヤーを蹴って跳び上がる。

宙に浮いた勇樹を、駆けつけてきた尾褄が大ジャンプでキャッチし、そのまま全速力でその場を離れていく。まるで、乾燥者の手から勇樹をかっさらったかのようだった。

「無茶しやがって！」

「ごめん、尾褄……でも！」

「でもじゃねーよ！　危うく命の無駄遣いだ！」

「…………」

獲物《えもの》を横からとられて、センセイが眉間に深い縦じわを刻んだ。

明らかに、苛立っていた。

「オプティカル・イリュージョン・ダンジョンマスター！」

センセイが怒声とともに大量の触手を解き放った。

ただでさえ高速で伸縮する強力な触手が、空間を次々と省略して、一瞬で尾褄に追いついてくる。

鋭い触手の先端がギラギラと輝いている。尾褄の体を狙って、触手それ自体が独立した生き物のように動いて食らいつく。最初は数十本だった触手が、途中で枝分かれし、空間を省略する際に増殖し、いつの間にか数百本という数に膨《ふく》れ上《あ》がっている。

尾褄は鉄骨を蹴り、激走し、まるでサーカスのように体をひねってギリギリのところで触手をかわしていくが、なにしろ数が多すぎる。動きを見切るのも不可能に近い。

「南無三《なむさん》！」

と、尾褄は叫びつつ、窓をぶち破って、建物の中に逃げ込んだ。

高さ二〇二メートル。

地上四五階の北展望室だ。

三六〇度の眺望《ちょうぼう》が素晴らしい展望室も、尾褄を追いかけてきた触手のせいで異様なジャングルと化す。天井《てんじょう》から、床から、あらゆる構造物をぶち抜いて、破壊の嵐が吹き荒れる。

勇樹を抱えて、尾褄は走る。黒いグランドピアノが設置された、展望室の洒落《しゃれ》たレストランを駆け抜ける。それでも止まらない触手の勢い。巻き込まれたテーブルが砕け散り、椅子が吹き飛んで宙を舞った。

尾棲はさらに加速して、触手をギリギリでかわしつつ、体当たりで窓を破り、都民広場に向かって再び外に飛び出した。

——逃げ切れるか!?

「ぐっ——！」

尾棲の甘い期待を打ち砕くかのように、触手の一本がとうとう追いついてきた。触手の先端が内観還元力場《ないかんかんげんりきば》を破り、右の太腿《ふともも》を貫通する。骨が砕ける音がして、鮮血が飛び散り、尾棲の表情が苦痛で歪《ゆが》む。

「——尾棲ァ！」

勇樹は悲鳴をあげた。

悲鳴というより、絶叫だった。

そして尾棲は、力一杯微笑《ほほえ》んで勇樹から手を離した。

4

尾棲が手を離して、勇樹が下に落ちていく。

大丈夫かなと尾棲は不安に思った。東京都庁のツインタワー付近という、かなりの高さから落ちることになるが、勇樹にはまだ内観還元力場も、強力なトラウマ・シェルもある。致命傷を負うようなことはないだろう。

脳内麻薬のせいだろうか。尾褄は流れる時間をやけに緩《ゆる》やかに感じている。

——生まれて初めて、本当に人を愛したんだ。

遠ざかっていく勇樹の顔を見つめつつ、尾褄はそんなことを考えた。

こうして死が目前に迫ってくると、やりたいことがいくらでも浮かんでくる。尾褄の走馬灯《そうまとう》に浮かんでくるのは、勇樹と一緒にいた時のことばかりだ。

今まで、何度も、どんな強敵にも勝ってきた。

城戸高校映画部のフライトは連戦連勝だ。

だから、今回もいけるんじゃないかと思っていた。

——甘かった。

本当にどうしようもなく考えが甘かったんだ。俺たちは。

「泣くなよ、勇樹」

たぶん勇樹の耳には届かないであろう、小さな声で尾褄はつぶやく。

「お前まで死んだら、俺は無駄死にだ」

大量の触手が、次々と尾褄の体に突き刺さる。

手足はもちろん、胸や腹にも。

肺の中まで血が溢れる。

「そんなもんか……！」

口から血を吐きながら、尾褄は叫んだ。

そして触手は、尾褄の喉と後頭部にも。

大量の触手に貫かれた尾褄は、まるでハリネズミのようだ。

「散らせ、ダンジョンマスター」

と、センセイがゲームに飽きたかのように、つまらなさそうに言った。尾褄の体に突き刺さった触手が、外側に向かって力をかける。

触手に引き裂かれて、尾褄はバラバラになって飛び散った。


死ぬ前に、最後に尾褄の目に映ったのは、高さ二〇〇メートルから見下ろす都内の風景だった。都庁を中心に広がる超高層ビル群や、太い血管のような道路網のパノラマが広がっている。

太平洋戦争の焼け野原から、日本人が必死に復興してきた大都市東京だ。乾燥者《デシケーター》の攻撃によってあちこちから煙があがっているが、それでも見事な風景には違いなかった。

都民一二〇〇万人が平和に暮らしていたはずの街。この街そのものが、洗練された人類の叡智《えいち》の結集だ。

——本当に美しい景色だ。

その景色を構成する建物の一つ一つで、誰かが暮らしている。よくよく考えればそれは途方《とほう》もない話だ。高層マンションに、びっしりと家庭が詰っていると思うと、乾燥者《デシケーター》たちの攻撃がいかに残酷なものか胸が締め付けられる。

街に、この国に、尾褄と関係がある人間たちがいる。同時に、顔も知らない人間たちもいる。セックスをしたのに顔も覚えていない女たちがいる。勇樹をいじめていたかつてのクラスメイトたち。文化祭の時に映画を観てくれたお客さんたち。——みんながきっと、それぞれの人生を必死に生きていた。

今は、思い浮かぶすべての人間が愛おしい。

シィ・ウィス・パケム・パラベラム。

汝、平和を望むなら戦争に備えよ。

この街をこれ以上破壊させないために。

これ以上人を殺させないために。

どれほどのパラベラムが血を流せばいいのだろうか。

願わくば、どうか勇樹が——そして映画部の仲間たちが傷つきませんように。

「あとは、任せたぜ。みんな」

エピローグ

——東京都庁での戦いの翌日。早朝。

ロンドン・ヒースロー空港を出発したヴァージン・アトランティック航空の特別機が、成田空港に着陸した。その特別機に乗っていたのは、パイロットや添乗員たちを除けば客はたったの一人だけだった。メルキゼデクのパラベラム部門・総責任者である宮脇奈々《みやわきなな》が、日本にやってきたのだ。

伊集院睦美《いじゅういんむつみ》は、新たなフライトの仲間たちとともに、桑園《くわぞの》高校の屋上にいた。

桑園高校は、城戸《きど》高校の隣町にある。センパイが重点的に錠剤《じょうざい》をばらまいた地区の一つだ。桑園高校にもたくさんのパラベラムがいて、その数は城戸高校より多い。仕切っているのが、西園寺遼子《さいおんじりょうこ》だ。

桑園高校の校舎は城戸高校より大きい鉄筋コンクリート造りの六階建て。全国有数のマンモス高校なので、それでも教室内は手狭になる。常に人が溢《あふ》れ返《かえ》って騒《さわ》がしい校内だったが、今は打って変わって静寂《せいじゃく》に支配されている。

「………」

睦美は屋上の柵に手をかけて、見慣れない街の風景を眺めていた。通りすがりの乾燥者《デシケーター》が気まぐれで放った攻撃でも、高層ビルは崩落《ほうらく》し街の景観が変わってしまう。凄《すさ》まじい虐殺《ぎゃくさつ》の爪痕が、遠目にもはっきりと確認できる。乾燥者と戦う自衛隊、在日米軍の活動も本格化し、その流れ弾のミサイルや砲弾でさらに建物が破壊され人が死ぬ。

——城戸高校を飛び出して以降、一兎《いっと》や志甫《しほ》、そして尾褄《おづま》たちとは一切連絡をとっていないが、無事にやっているだろうか？

「何が見える？」

と、西園寺遼子が話しかけてきた。

「人類の終りの風景」

睦美は冷たく笑って皮肉を返す。

「終らないよ、人類は」

そう言ったのは、遼子ではなく霧生六月《きりゅうむつき》だった。

睦美、遼子、霧生——。阿部喜美火《あべきみか》と水面夜南《みなもやな》もいる。他にも、遼子のフライトに所属する時次優衣《ときつぐゆい》、野原千佳《のはらちか》といったパラベラムたちも全員そろっている。

「誰を待っているんだったっけ……？」

睦美は訊ねた。最近ぼんやりしている。

「メルキゼデク最強のパラベラム——宮脇さんを待っている」霧生が答えた。しかしすぐに言い直す。「いや……正確には彼女は『帰ってきた』んだな。飛行機はもう成田に着陸した頃だ。私の部下が車で迎えに行っている」

「よく、こんな状況で飛行機が飛んだな」

「そこは、組織力ってやつさ」

「乾燥者《デシケーター》の攻撃は全世界規模だって？」睦美はまた別の質問を口にした。「なんで、日本が一番の激戦区なんだ？」

「別に」と、霧生。「一番の激戦区は中国だよ。その次がインド、アメリカ、ロシア。敵の狙いは、人間を殺すことだ。人口が多い国の方がやばい。——だが、伊集院さんの疑問も理解できるよ。激戦区は海外でも、パラベラムは日本人が一番多いし、乾燥者もこの国を重要な侵略対象に設定しているだろう」

「それはなぜだ？」

「始まりは、象徴心理療法士《しょうちょうしんりりょうほうし》と呼ばれる超能力者だった。そんな彼らが、ふとした偶然から乾燥者の存在を知って、対抗策の研究に着手した。その舞台が、日本の大学だったというわけだ。だから、結果的に日本に優秀なパラベラムが集まった。最も活動的だった乾燥者が、たまたま日本人だったのも一因だ」

「最も活動的だった乾燥者……もしかして、センパイか？」

「その通り。彼女が例の錠剤をばらまいた」

センパイの顔を思い出して、睦美の胸の奥で怒りの炎が燃え上がった。あの女のP・V・Fで、蔵前早苗《くらまえさなえ》は殺されたのだ。自然と握《にぎ》り拳《こぶし》に力がこもる。なんとか、あの女を倒す方法を考えておかないと——。

「怖い顔だな」

「うるさいよ」

「他に質問はないか？　宮脇さんが来る前に細かいことはすませておきたい」

「危うく聞き流すところだったんだが、その象徴心理療法士ってのはなんだ？」

「人間には心があるだろう」

と言って、霧生は自分の胸を指差した。

「ああ」うなずく睦美。

「この心を、象徴的な物体として体から取り出すことができる、そんな能力者だ。それが、自分の心を銃器に変えるパラベラムの原型となった」

「心を——取り出す？」

「そうだ。その力を持った人々は、他人の心が傷ついていても『手術』で治療《ちりょう》することができる。だから、象徴心理療法士。あとで、実際にその力を見てみるといい」

霧生は続ける。

「日本には、有名な象徴心理療法士が四人いた。阿部城介《あべじょうすけ》、北条茂樹《ほうじょうしげき》、永瀬隆太郎《ながせりゅうたろう》——

そして、宮脇奈々。最初は仲間だった四人だが、やがて対立することに」

宮脇奈々以外は、顔と名前が睦美の頭の中で一致した。灰色領域《グレイゾーン》の幹部たちだ。

「…………」

阿部城介、という名前に反応して、阿部喜美火がぴくりと細い眉《まゆ》を動かした。

桑園高校の校庭に、タクシーが入ってくるのが屋上から見えた。

「あれだ。宮脇さんが到着した」と、霧生が嬉《うれ》しそうに言った。

成田から桑園高校まで車で移動した宮脇奈々は、運転手に礼を言って校庭で降りた。

屋上で、部下の霧生が手を振っているのが見える。この住所で間違いなかったようだ。

「ふう……」

疲労のため息を吐く。長旅で、さすがに体が重い。だが、ゆっくりしている時間はない。

(それにしても……)

校舎を見ていると、自分が高校生だった頃を思い出す。

阿部城介——阿場城址郎《あばじょうしろう》と出会って、様々な怪事件を解決した青春の日々。もう、あのころには戻れない。奈々の家族を殺し、名前を変えて姿を隠したあの男を追い詰めて、この手で復讐《ふくしゅう》を果たさねばならない。

＊

　桑園高校に入っていく車を、数百メートル離れた電波塔のアンテナ上に立つ一組の男女が見下ろしていた。その距離では、人間の視力では個人の判別は不可能に近いが、二人はそんな高所に危なげなく立っていることからもわかるように、普通の人間ではなかった。普通の人間ではないし、乾燥者《デシケーター》でもパラベラムでもなかった。

「あれが宮脇さん？」

「最初は、俺の患者《かんじゃ》みたいなヤツだったよ」

問うたのは那須《なす》一子《いちこ》、答えたのは阿部城介——阿場城址郎だ。

「患者？」

「ああ。宮脇奈々と出会ったのは高校生のころ。彼女は他人とのコミュニケーションを苦手としていた。極端に内気で、引っ込み思案《ひこじあん》。自分の本音を話すためには腹話術の人形が必要だった」

「ぷふっ」

　一子が思わず噴き出す。

「本当のことだぞ」城址郎は続ける。「腹話術の人形——アスタロトだったかな？　その人形が、奈々のかわりに色々しゃべってたよ」

「かなりの変わり者みたいね、あの女」

「だが、いつの間にか象徴心理療法士としての才能を開花させてね……今では世界最強レベルのパラベラムに成長しているはずだ」

「世界最強のパラベラム、ねえ……」

そう言って、一子は自分のP・V・Fを展開した。

九〇口径連装機銃《れんそうきじゆう》デッドエンド・オルゴール。銃身が二本ついた、戦艦や空母に搭載《とうさい》する対空砲のようなデザイン。凄まじい連射速度、超音波による攻撃と防御、強力なスペシャル・ショット——欠点は存在しない。

「それは、私たち新生人類に匹敵するほどの強さなの？」

「もし、パラベラムに負けるようなら俺たちの存在価値はゼロだ」

城址郎もP・V・Fを展開した。

弾倉がリボルバータイプという変わったデザインのライフル。六八口径メモリー・トレーサー。六種類の様々な特殊効果を持った弾丸を使い分けることができる。

「お嬢《じよう》さん、そろそろ『生まれ変わって』おくか」

「ＯＫＯＫ」

阿場城址郎と那須一子は、P・V・Fを装着しているのとは反対側の手をそれぞれ自分の胸に当てた。象徴心理療法士の技術の応用だ。自分の「心」を物質として取り出して、Ｐ・Ｖ・Ｆと融合《ゆうごう》させる。

心と心の銃が一つになったとき、城址郎と一子の外見にも変化が生じた。Ｐ・Ｖ・Ｆはバラバラになり、それが鎧《よろい》として再構成され、体にはりついていく。Ｐ・Ｖ・Ｆだった精神力の鎧は、二人がきていた服を吹き飛ばし、皮膚《ひふ》と神経に直接結合していく。人間でもパラベラムでも乾燥者《デシケーター》でもないとは——つまり、こういうことだった。

顔形はそのままだが、体は半分機械のようだ。体形にフィットした鎧を着込んでいるように見えるが、それは純粋な装甲《そうこう》ではない。

新生人類の騎士として生まれ変わった城址郎と一子。Ｐ・Ｖ・Ｆはなくなったが、その能力は大幅に拡張《かくちょう》されている。

「さあ、こい。下僕ども」

城址郎が右手を掲げて、空間を捻《ね》じ曲《ま》げた。次元を貫通するワームホールから、別の場所に待機《たいき》させていた二体の下僕を召喚《しょうかん》する。

現れたのは、異形《いぎょう》の巨人。

灰色領域《グレイゾーン》の切り札だった、パラノイア・ジャイアントだ。

自律単独行動型一二〇口径エゴ・アームズ『スキゾイド・ドーベルマン』の発展型。

対乾燥者機甲銃騎士《きこうじゆうきし》、パラノイア・ジャイアント。模造自我《もぞうじが》によって自律、完全な単独行動を行う。その外見は身長三メートルの巨人で、メタリックカラーの分厚い鎧を着込んでいる。

パラノイア・ジャイアントは、他の銃騎士や敵のゴーレムと同じく、人間を切り刻んでつなぎ合わせて製作する。しかし城址郎は、もっと効率のいいやり方を知っている。強力なパラベラムを下地にすれば、手間が減らせるのだ。

今回、新生人類騎士団が用意した二体のパラノイア・ジャイアント。そのうちの一体には藤堂剣児《とうどうけんじ》、もう一体には永瀬隆太郎が、それぞれ「核《コア》」として中に拘束されている。

カウカソス山での戦いのあと、まだ城址郎たちのことを味方だと勘違《かんちが》いしていた城戸高校のフライトは、捕虜《ほりよ》にした永瀬隆太郎を譲《ゆず》ってくれた。彼を拷問《ごうもん》し、パラノイア・ジャイアントの製法を聞き出し、最後はコアにするために薬づけにした。

虚空に召喚された二体は、反重力で姿勢を制御しつつ、そのまままっすぐ桑園高校目指して急降下していった。

「今さらこんなこと訊くのもナンだけどさ」と、一子。「私たちがパラベラムを攻撃したら、戦争の監視者たる夜警同盟《ウオッチメン》が怒るんじゃないの？」

「我々はパラベラムや人類を攻撃するんじゃない」

城址郎は冷たい目で唇《くちびる》の端を吊りあげた。

「暴走した下僕、すなわちパラノイア・ジャイアントを止めるための行動だ。それにパラベラムが巻き込まれても——不可抗力《ふかこうりょく》ってやつだな」

「大人はズルいなあ」

と言って、一子は心底楽しそうに舌なめずりをする。

一子の視線は、伊集院睦美から外れることはない。

＊

一兎と志甫が現場に到着した時には、すべてが終っていた。

正確には、最初に到着したのが一兎で、少し遅れて志甫という順番だった。

運悪く、一兎は見てしまった。

尾褸がバラバラになってしまう瞬間を、見てしまった。

間近でそれを目撃していたら、一兎はショックで動けなくなっていただろう。だが、遠くからだったので、逆にリアリティがない光景に見えたのが救いだった。人間が肉片になるなんて、まるで最近の映画のよくできたCGだ。

志甫が少し遅れたので、その衝撃的《しょうげきてき》な光景を目にすることなくすんだのが、不幸中の幸いかもしれなかった。

「どうしたの、一兎。顔が真っ青だよ⁉」

「俺のことはどうでもいいよ！」

一兎の口調が、つい強くなった。志甫が驚いて、そして怯《おび》える。八つ当たりのようなことをして、一兎は自分自身が情けなくなる。

「何かあったの？　尾褄は……？」

「尾褄さんはいいんだ。捜さなくていい」

「そんな……」

一兎はすべてを説明しなかったが、志甫は察してくれた。

勇樹は、都庁前の都民広場で気を失っていた。どうやら、高所から落ちてきたようだ。内観還元力場と強力なアンチノミー型トラウマ・シェルがクッションの役目を果たしたとはいえ、無傷というわけにはいかなかったらしい。それでも、命に別状はなさそうだ。

一兎が勇樹を担《かつ》いで、とりあえず城戸高校の保健室に運び込んだ。都庁を離れる際に、一兎とはるか上空にいる二人の乾燥者《デシケーター》との目が合った。かなり距離はあったが、敵がこちらの視線に気づいているのがなんとなくわかる。

——あいつらか。

一兎はギリ、と歯ぎしりをした。

あいつらが、尾褄さんを殺したのか。


そして勇樹は、保健室のベッドの上で目を覚ました。


「あ……尾褄！」

跳ね起きて、勇樹の口から大事な仲間の名前が口をついて出た。慌てて視線を左右に走らせる。見覚えのある、城戸高校の保健室。同じ部屋で、一兎と志甫が心配そうな顔をしている。

「……え!?」

戸惑《とまど》いつつも必死に頭を働かせるうちに、勇樹の記憶が徐々に鮮明になっていく。

──そうだ。

勇樹が意識を失う前、最後に見たのは、触手で引き裂かれる尾褄の姿だ。

勇樹は、声にならない悲鳴をあげた。それがやがて嗚咽《おえつ》に変わり、心に開いた大穴からいくらでも涙が出てくる。

頭を殴られたように、勇樹は再びベッドに倒れ込んだ。

尾褄は颯爽《さっそう》と駆けつけてきて、勇樹を窮地《きゅうち》から救い出し、危なくなったら自分を犠牲《ぎせい》にした。あまりのふがいなさに、勇樹の慟哭《どうこく》は止まらない。尾褄がやられていたのに、自分は地面に叩きつけられてぼんやり眠っていたのだ。

そもそも、あの戦いに尾褄が参加したのは勇樹が無理を言ったからだ。

「僕のせいだ……」

勇樹は、自分を責める。今すぐに、ロープで自殺したい気分だ。

「僕のせいで、尾褄が殺された……全部、僕のせいだ」

――なにをやってるんだ、僕は。

大事な人たちを殺された。

――なにを考えてたんだ、僕は。

その復讐を果たそうとして、また大事な人を失ってしまった。

大間抜けだ。二階堂勇樹は、最悪の大間抜けだ。間違った方向に自信満々で進んでいく方向音痴《ほうこうおんち》の登山家だ。こんなダメな人間がいるせいで、悲劇が繰り返されてしまった。

結果的に、自分さえいなければ誰も死ななかったような気がしてくる。

死ぬべきだったのは、家族でも尾褄でもない。

一番間抜けで、無価値な、自分だったんだ。

＊

勇樹の悲しみが、一兎と志甫に尾褄の死を実感させた。

涙は伝染する。志甫が呆然と、口を半開きにして泣いている。

「いい言い方が思いつかないんですが……」

一兎ももらい泣きしつつ、それでも勇樹に慰《なぐさ》めの言葉をかけた。

「乾燥者《デシケーター》は……強いです。無理なんです。人類全体が押されているんです。だから……一人で、背負わないでください」

だが、今の勇樹にはどんな言葉も遠かった。

「………………」

勇樹の反応がどんどん薄くなっていって、彼は眠っているのか泣いているのかどちらかよくわからない状態に落ち着いた。

一兎も志甫も、泣くしかなかった。大事な人が死んだら、その人のことを思いながら泣くしかないのだ。怒りよりも悲しみよりも、胸に開いた大穴から洪水のように涙が溢れてくるのだ。

——一時間ほどして、ようやく一兎と志甫は泣きやみ、次の行動を考えなければいけなくなった。志甫が、半ば死体のようになってしまった勇樹の額の汗を拭おうとして、勇樹に熱があることに気づいた。一兎たちは、保健室に熱を冷ますためのシートがないか探したが、見つからなかったので、志甫が近所の薬局に行くことになった。一兎も一緒に行こうとしたら、志甫に「今は部長の近くに誰か一人いたほうがいいと思う」と言われて学校に残った。

「ふう……」

一兎は保健室を出て、廊下《ろうか》の水飲み場に向かった。この位置なら、保健室で何かあってもすぐにわかる。レバーをあげると、蛇口《じゃぐち》から水が流れ出す。それで顔を洗いながら、まだ水道は生きてるのか、と一兎は胸の内でつぶやいた。

「こんなに簡単に人が死んでいくなんて……」

水を止めて、独りごちる。

一兎の頭の中は今、自分でも意外なほど整理されている。嫌な話だが、人間は自分より落ち込んでいる人間を見ると逆に冷静になる。勇樹を見ていると、自分がしっかりしなければ、と思う。

これまでの戦いも命がけだった。だが——今経験している戦いは何かが違う。

(これが、戦いと戦争の違いなんだろうか)

傷つき、倒れていく仲間。失われる家族。

大量の死と、終らない死闘。

人類側の敗色は濃厚《のうこう》――。

そして一兎が顔も拭《ふ》かずに振り返ると、そこに忽然《こつぜん》と一人の少女が立っていて腰が抜けそうになった。

やたらとフリルがついた派手な黒いドレスを身につけているその少女は、間違いなく人間ではない――体が、地面からほんの数センチ常に浮いているのだ。

「乾燥者《デシケーター》か――!?」

一兎は慌てて右腕を伸ばし、アンフォーギブン・バリスタを展開。

しかし少女は眉一つ動かさず、静かに微笑《ほほえ》んでいる。

「そっか……何度も会っているような気がするけど、ここでは初めてか」少女は少しがっかりしたように言った。「私は、夜警同盟《ウオッチメン》――パラベラムと乾燥者との戦争の監査機関――に所属するシンクロニシティ」

「シンクロニシティ……?」

その名前は、聞いたことがある。

今や完全に敵だと判明したセンパイが、シューリンを助けてくれた際、言っていた。

『本当は、あたしがこうして戦っちゃうのはルール違反なんだ。でも、三対一なんてのは放っておけない。——今日のことも、あとでシンクロニシティに怒られるんだろうなあ……』

——その、シンクロニシティなのか。

「あなたの新しい力——」

シンクロニシティが艶《なま》めかしくささやく。

「アンフォーギブン・バリスタのスペシャル・ショットについて話があるの」

「俺のP・V・Fの……話？」

少女はするすると一兎の懐《ふところ》に入り込み、顔に唇を近づけた。なぜか一兎の体から力が抜けて、はねのけることができない。

「ええ。『それ』は——」と、一兎のアンフォーギブン・バリスタを指差し、「私のようなシンクロニシティにとってもイレギュラーな存在なの」

「どういう意味だ。なんの話をしてるんだ……！」

「他の人類がすべて死んでも、あなたは一人だけ生き残る可能性がある」

〈疾走する思春期のパラベラム　ACT6　Everybody loves war〉——了。
最終巻〈ACT7　君に愛を、心に銃を　Love for you & Gun to the mind〉——に続く。

あとがき

パラベラム6です。

次の7で最終巻です。

7もプロットはほぼ完成し、序盤《じょばん》は書き進めているので、あまり間を空けずに出版することができると思います。いよいよ、一兎《いっと》たちの疾走もラストスパートです。

思春期はいつか終るものなので。

どんなラストになるかは、自分というよりも一兎が決めることだと感じます。現実の世界と違って、小説の世界には主人公がいます。

一兎には、主人公にのみ与えられる特権がある。

物語を終らせるのは、主人公の特権です。

物語の世界観にもよりますが、主人公は最後の敵を殺すか殺さないか選択できることが多いし、極端な話、世界を救うか救わないか、そんな決断を下すこともある。ラブストーリーでも、主人公は恋人に関して重大な選択を迫られる。

それが主人公の特権。フィクションの醍醐味《だいごみ》です。（あまり主人公中心に世界を回し過ぎると、今度は「ご都合主義《つごうしゅぎ》」がひどくなって作品の整合性が崩れることもありますが、それはまたちょっと別の話）

＊

このシリーズを始めたころ、実はパラベラムは3巻くらいで終る予定でした。ところが読者の皆さんから好評をいただき、自分の構想も膨《ふく》らんだために、結局予定の倍も巻を重ねることに。

本当にありがたい話です。

どの登場人物にも思い入れがあるだけに、後半の展開には書いている自分も胸を締め付けられる思いです。でも、この6巻で犠牲《ぎせい》になったキャラクターたちは、1巻を書いている頃にはこうなると決まっていました。

本音を言えば、もっと明るい方向に舵《かじ》を切ることはできた。その重大な転換点になったのは、やはり四神美玖《しかみみく》のエピソードでしょうか。

あそこで一兎たちは、引き返せない場所に踏み込んだ感があります。

では、ここからはパラベラムに関係あるようなないような、そんな話を。

パラベラムのシリーズが始まったのが、二〇〇六年十月。

自分がデビュー作を出版したのが二〇〇二年。

新人賞を受賞した、という電話を受けたのは二〇〇一年でした。

デビューする前は、自分がプロの作家になるということがどういうことなのか、まったくわかっていなかった。

小説家になりたい。

小説家になるために、原稿を新人賞に送る。

でも、なぜか自分が小説家になるとは思えない。

自信があるから原稿を送っているはずなのに、いつの間にかその自信が消えている。

自分は小説家になれるという自信と、でもなれるわけがないという諦《あきら》めの感情が同時に存在している奇妙な精神状態に陥《おちい》っていたのです。

だから受賞作は、受賞の電話がかかってくるまで、最終選考に残っているのも知らなかった。全然別の新人賞に送った原稿の心配をしていた。たぶん、意識的に情報を遮断《しゃだん》していたんだと思います。

「おめでとうございます。あなたの作品が大賞に選ばれました」

と、自分の受賞を知ったときにはそれはもう大喜びでした。

急いで近所のコンビニに酒とつまみを買いにいって。

当時一緒に暮らしていた弟と「これはめでたい！」なんて大騒ぎ。

「これからどうなるんだろうなあ」

「いまだにピンとこないというか」

「プロの作家なんてやっていけるのかなあ」

——などと話しながら、ぼんやりNHKのニュースを見ていると、アメリカのツインタワーが映っていて、なにやら事故が起きて炎上しているらしい。

最初はまったく状況が理解できず、ただ緊迫した空気だけが伝わってきて、これは何かおかしいぞと見続けていたら、「二機目」が突っ込んだ。

受賞の電話がかかってきたのは、あの9月11日のことでした。

アメリカでの同時多発テロが発生し、この世界が抱えた問題点がはっきりと表面化した9月11日に、日本の片隅で生きている深見《ふかみ》真《まこと》というちっぽけな個人のプロの小説家としての人生がスタートしました。

なんだか運命的なものを感じて、いまだに忘れられない夜です。

今回のパラベラム6は、なんとなくあの夜のことを思い出しながら書きました。

＊

そして最終巻パラベラム7。
佐々木《ささき》一兎が主人公の特権をどう使うのか。
最後の最後だけは、まだどうなるのか自分にもわかりません。
これから筆を走らせて、確かめてみようと思います。

深見　真

とある思春期の外伝予告 もしくはとある阿部の邪気眼からうずく
テメェが無くした心《パズル》のピース
俺が埋め合わせてやる
…この銃弾でな！
人類の手にした新たな力"イド・アームズ"
俺達はまだその使い方を知らなかったんだ…
パラベラム・ゼロ『鉛の欠片ープランバム・ピース』
ないっ すっこんでろ
ないー
ないよ!! ないから!?

■ご意見、ご感想をお寄せください。

ファンレターの宛て先
〒102-8431東京都千代田区三番町6-1
株式会社エンターブレイン　ファミ通文庫編集部
深見 真　先生
うなじ　先生

■ファミ通文庫の最新情報はこちらで。

FBonline
http://www.enterbrain.co.jp/fb/

■本書の内容・不良交換についてのお問い合わせ。

エンターブレイン カスタマーサポート　**0570-060-555**
(受付時間 土日祝日を除く 12:00～17:00)
メールアドレス：**support@ml.enterbrain.co.jp**

FB Famitsu Bunko

ファミ通文庫
疾走《しっそう》する思春期《ししゅんき》のパラベラム　みんな大好《だいす》きな戦争《せんそう》

二〇一〇年五月一一日　初版発行

著　者　深見《ふかみ》真《まこと》
発行人　浜村弘一
編集人　森　好正
発行所　株式会社エンターブレイン
〒一〇二-八四三一　東京都千代田区三番町六-一
電話　〇五七〇-〇六〇-五五五（代表）
発売元　株式会社角川グループパブリッシング
〒一〇二-八一七七　東京都千代田区富士見二-一三-三
編　集　ファミ通文庫編集部
担　当　荒川友希子
デザイン　アフターグロウ
写植・製版　株式会社ワイズファクトリー
印　刷　凸版印刷株式会社

定価はカバーに表示してあります。

ふ1
2-6
942

ISBN978-4-04-726092-4

空色パンデミック①

著者／本田 誠
イラスト／庭

その空想は、セカイに感染する。

「見つけたわよ、ジャスティスの仇《かたき》！」高校受験の朝、駅のホームで僕は結衣《ゆい》さんと出逢った。“空《くう》想病《そうびょう》”を患《わずら》う彼女の発作をおさめるために、今日も僕はイタイ演技を繰り返す……。ああ、消えてしまいたい。第11回えんため大賞優秀賞、狂《きょう》騒《そう》と純真《じゅんしん》の「ボーイ、ミーツ、空想少女」。

ファミ通文庫
発行/エンタープレイン

ココロコネクト ヒトランダム

著者／庵田定夏
イラスト／白身魚

平凡、ときどき、入れ替わり。

文研部《ぶんけんぶ》に所属する八重樫太一《やえがしたいち》たち五人は、奇妙な現象に直面していた。前触れもなく起こった“人格入れ替わり”。それは次々と部員全員に襲いかかり、彼らを奇妙な日常に放り込む——。平穏が崩れたその時から、五人の関係は形を変える！　第11回えんため大賞特別賞受賞作!!

ファミ通文庫
発行／エンターブレイン